열하일기로
떠나는 세상 구경

일러두기 • 나라 이름과 인명, 지명은 일부를 제외하고는 대부분 한자어 발음 표기를 따랐습니다.

열하일기로
떠나는 세상 구경

이강엽 글 | 김윤정 그림

나무를 심는 사람들

시력, 시야, 시각, 세상을 보는 세 가지 눈

현기야,

그곳 생활은 어떠니? 들려오는 소식에 의하면 잘 있는 것 같다만, 외국 생활이라는 게 그리 만만한 게 아닐 거다.

작년에 네가 미국에 간다는 말을 듣고, 내가 쓴 책을 보낸 일이 있다. 마침 네 나이에 맞을 만한 책이 있어서 가볍게 선물을 했는데, 얼마 후 네가 그 책을 아주 재미있게 잘 읽었다는 말을 들었다. 너처럼 정성 들여 읽고 잘 보았다고 말해 주는 독자를 만나기도 그리 쉽지 않은데, 그 차이는 아마도 독서량에서 오는 것 같다.

그래, 많이 읽으면 많이 보이기 마련이지. 그러나 책으로 보는 세상은 어쩌면 진짜 세상이 아니야. 책이 아무리 커도 세상보다는 작아서 결국 책에 담아낼 수 있는 것들만 있게 되지. 그래서 사람들은 견문을 넓히기 위해 여행을 하곤 해. 자기가 사는 곳과는 다른 곳들을 보면서 쉬기도 하고, 또 양쪽을 견주어 보면서 새로운 세상을 느끼고 경험하는 거야.

이제 네게 소개하려는 박지원의 『열하일기』는 그런 여행의 가치가 가장 잘 드러나는 책이야. 이 책은 박지원이 조선의 사신 일행과 함께 청나라에 갔다 온 기행문인데, 요즈음의 기행문과는 많이 달라. 당시만 해도 교통이 발달하지 않은 때라 장장 오 개월이나 걸린 기나긴 여행이었고, 그만큼 여러 경험과 생각들이 배어 있지. 또, 다녀온 뒤에 글을 쓰는 일도 쉽지 않아서 책이 완성된 것은 여행이 끝나고 나서 삼 년이란 세월이 지난 뒤였어. 속전속결의 요즘 세태에서는 생각하기 어려운 일이지.

그러나 『열하일기』의 특별한 점은 그렇게 오래 여행하고 오래 쓴 것만으로는 설명이 안 돼. 그보다는 박지원이라는 뛰어난 작가를 눈여겨봐야 해. 박지원은 조선 시대를 대표하는 지성인이자 문인이야. 그런데 당대의 문인들이 대부분 일찍부터 공부해서 과거를 준비하고 또 벼슬에 나갔던 데 비해, 박지원은 뒤늦게 공부를 시작한 데다 과거를 포기하고 글공부에만 전념했어. 그 덕에 오히려 다른 문인들과 구별되는 독특한 시각과 문장을 지니게 되었지.

단적인 예로 '열하일기'라는 제목을 보면 매일 쓰는 '일기'처럼 보이지? 실제로도 그래. 하루하루 날짜를 단 후 그 날 있었던 일을 썼으니까. 그러나 자세히 보면, 하루하루의 기록만으로 접근할 수 없는 사안에 대해서는 따로 제목을 달아서 독립된 글로 완성을 했어. 한쪽으로는 일기처럼 진행하면서, 다른 한쪽으로는 잘된 수필이나 논설문 등을 붙여 둔 거야. 이 책에서 중요하게 다루게 될 〈일야구도하기〉나 〈상기〉, 〈곡정필담〉 등은 그렇게 탄생했지. 거기에다 당시의 지식인들이 배척했던 소설인 〈호질〉이나 〈허생전〉까지 담아 두었으니, 글로 쓴 버라이어티쇼라고 할 만해.

그렇다고 『열하일기』가 그렇게 외형만 특별하다고 생각해서는 곤란해. 정말 대단한 점은 박지원이 여행하며 세상을 보는 눈이야. 책 제목에 '세상 구경'을 강조한 것은 그런 까닭이야. '눈'이라는 말이 나왔으니까 눈과 관련된 단어 셋을 알려 주어야겠다. 첫째, 보는 힘인 '시력', 둘째, 보는 폭인 '시야', 셋째, 보는 각도인 '시각'이야. 세상 구경을 제대로 하려면 그 세 가지가 다 좋아야 해. 시력이 좋아야 함은 물론, 더 넓게 볼 수 있어야 하고, 남들과 다른 각도에서도 볼 수 있어야 하지.

『열하일기』를 통해 네게 일러주고 싶은 것도 바로 그 세 가지야. 가령, 첫째 구경에서는 나라의 경계에 서서 양쪽을 다 보고 있어. 보통 사람 같으면 무심히 지나거나 거기에 빠져버릴 일인데 박지원은 시야를 넓히면서 중심을 찾고 있지. 또, 둘째 구경에서는 술잔이나 벽돌 같은 작은 것을 유심히 들여다보면서 세상살이를 편하게 하는 법에 대해 살피고 있어. 남다른 시력으로 작은 것을 크게 보는 예야. 그런가 하면 셋째 구경에서는 〈호질〉이라는 작품에서 호랑이 눈으로 사람을 비판하고 있어. 사람 편에서 호랑이를 보는 시각과는 달리 호랑이 편에서 사람을 보는 시각을 택하면서 새로운 깨침을 주고 있는 거지.

그런 식으로 열 가지 세상 구경을 하고 나면, 현기의 눈도 자연스럽게 좋아지겠지. 무엇보다 재미있게 읽어 주면 고맙겠고. 아울러, 이 책에는 여느 고전에서는 좀처럼 배우기 힘든 내용이 있어. 여행기인 만큼 지구촌 시대를 살아가야 할 너희 세대들이 나라의 안팎을 넘나드는 안목을 넓히는 데 도움이 될 거야. 박지원이 18세기 조선인으로서 가졌던 느낌과 생각이, 21세기 한국인으로서 가지는 느낌과 생각을 이끌어 주는 거야.

잠깐 눈을 돌려 세상을 보렴. 한동안 '세계화'를 부르짖으며 곧 온 지구가 하나가 될 것처럼 떠들썩하더니 또 금세 여기저기서 제 나라만의 이익을 위해서 담장을 높이 치려는 시도가 보이고 있지? 미국이 자국의 이익을 중시하는 '아메리카니즘'을 다시 들고 나오고, 영국 국민이 유럽연합을 탈퇴하는 '브렉시트'를 선택하며, 선진국들은 앞다투어 외국인 노동자 유입과 난민 수용을 제한하려는 움직임을 보이는 게 그런 예야. 박지원이 청나라에 가서, 청나라와 주변 국가들과의 관계 속에서 조선의 운명에 대해 고민했던 상황이 지금과 크게 다르지 않은 거지.

앞으로 현기가 주역이 되어 살아갈 시대는 대한민국의 문제를 풀어가는 데 있어 다른 나라에 지금 정도의 호의를 기대하기 어려운 형편이 될 거 같다. 전보다 더 좋은 시력과 시야와 시각이 요구되는 거지. 너는 다행히도 여러 나라를 다녔고, 책도 많이 읽었으니, 이제 이 『열하일기』를 읽어 나가면서, 더욱 새로운 미래, 더욱 멋진 세상을 열 수 있기를 기대해.

이강엽

● 차례 ●

첫 해외여행이라 설레...

머리말 4

첫째 구경. 경계에 서야 다 보인다 13
• 더 궁금해? 조선의 사신이 궁금하다고? 32

둘째 구경. 작은 물건으로 읽는 큰 세상 35
• 더 궁금해? 박지원은 어떤 사람이었나? 53

너를 갖고
싶구나.

〈호질〉이나 읽어.

셋째 구경. 호랑이가 일러 준 것 55
• 더 궁금해? 우리 전통 문화에서 다뤄진 호랑이 79

나랑 얘기해~~

넷째 구경. 필담으로 과학을 논하다 81
• 더 궁금해? 『열하일기』는 어떻게 구성되어 있나? 97

다섯째 구경. 수레를 못 쓰는 게 누구의 책임인가? 101
• 더 궁금해? 왜 이렇게 수레에 관심을 보이는 거지? 119

수레 좀
만들어 줍쇼~~

여섯째 구경. 황제가 열하에 간 까닭? 121
• 더 궁금해? 혼자 묻고 혼자 답하기? 139

나도 피서 가고
싶다~~

조선은 뭐가
유명해?

일곱째 구경. 나라 밖에서 우리나라 들여다보기 141
• 더 궁금해? 박지원의 소설 세계는? 162

여덟째 구경. 하룻밤에 아홉 번 물을 건너며 165
• 더 궁금해? 보이는 대로 보는지, 보는 대로 보이는지? 182

조선 사신단의
질주본능.

마술의 세계로
초대합니다.

아홉째 구경. 장대, 낙타, 코끼리, 마술 185
• 더 궁금해? 코끼리가 얼마나 신기하기에? 208

돈을 벌고
싶소?

열째 구경. 옥갑에서 나눈 허생 이야기 211
• 더 궁금해? 허생은 그 다음에 어떻게 되었냐고? 235

자, 여행을 떠나볼까

첫째 구경

경계에 서야 다 보인다

강을 건너려니 여행이 실감 나네

현기야, 혹시 미국 나갈 준비할 때 누군가 네게 "언제 미국으로 건너가니?"라고 물어본 적이 있니? 있다고? 그럼, 거기에서부터 이야기를 풀어 나가 보자. 너처럼 미국으로 가는 것을 '도미(渡美)'라고 하고 일본으로 가는 것을 '도일(渡日)'이라고 하지. 미국이나 일본으로 건너간다는 뜻이야. '도(渡)'라는 글자에는 '물을 건너다'는 뜻이 들어 있으니까.

그래. 큰물이 어딘가에 놓이면 물의 이쪽과 저쪽은 아주 다른 세상이 되곤 하지. 『열하일기』도 그렇게 물을 건너는 데서부터 시작해. 강을 건너는 기록이라는 뜻인 「도강록」이 맨 앞에 나오니까. 우리나라와 중국은 압록강이라는 아주 큰 강으로 나뉘잖아. 그러니까 그 강을 건너면 곧 중국으로 들어가게 되고, 강은 이쪽의 우리나라와 저쪽의 중국을 가르는 경계가 되지.

그런데 좀 이상하구나! 박지원은 중국으로 떠나는 사신의 일행이었으니 당연히 지금의 서울인 한양에서부터 출발했을 텐데, 기행문이 시작되는 지점이 한양이 아니라 압록강변이었던 거야. 왜 그렇게 했을까? 「도강록」에 어떻게 나와 있는지 한번 볼까?

앞서 의주에 마련된 숙소에서 열흘을 머물렀다. 청나라에 보낼 지방 특산물이 모두 도착했고 떠날 일정이 다급했다. 그러나 비는 장마가 되고 두 강물이 합쳐져 흘러넘쳤다. 그동안 맑게 갠 날이 나흘이나 되었지만, 물살은 더욱 세차서 나무와 돌덩이들이 휩쓸려 오고 혼탁한 흙탕물은 하늘과 맞닿았다. 압록강이 시작한 발원지가 아주 멀기 때문일 것이다.

『당서』에 보면 이런 말이 있다.

"고려의 마자수는 말갈의 백산에서 시작하는데, 그 빛깔이 마치 오리[鴨(압)]의 머리처럼 녹색이어서 '압록강'이라고 부른다."

여기서 '백산'이라고 한 산은 바로 장백산이다. 『산해경』에는 장백산을 '불함산'이라 하였고, 우리나라에서는 '백두산'이라 한다. 백두산은 여러 강이 시작하는 발원지인데 그 가운데 서남쪽으로 흐르는 물이 압록강이다.

또, 『황여고』에는 "천하에 큰 물이 셋이 있는데 황하, 양자강, 압록강이다."라고 했으며, 명나라 진정이 쓴 『양산묵담』에는 "회수 북쪽은 모두 북쪽으로 흐르는 물줄기들이다. 그 가운데 황하를 으뜸으로 치며 그 밖에 강이라고 할 만한 물이 없으나 북쪽으로 고려에 있는 물만은 압록강이라고 한다."라고 했다. 압록강이 천하의 큰 강이기 때문에 그렇게 말한 것이다.(「도강록」 6월 24일)

이때는 1780년 음력 6월 24일이야. 양력으로는 7월 말쯤일 테니 한여름이었겠구나. 지금 조선 사신 일행은 중국 청나라 황제의 생신을 축하하러 가는 거니까 당연히 선물이 있어야겠지. 그런데 선물로 가지고 갈 지방 특산물이 도착하지 않아서 출발도 못 하고 열흘을 보냈던 거야. 그러니 얼마나 좀이 쑤셨겠어. 게다가 비까지 거세게 와서 장마가 졌고 물이 불어나서 건널 수가 없단 말이야. 그래서 또 며칠을 보내게 된 거지.

도(道)는 경계에 있다

옛날 사람들이 세상에 강이라고 부를 만한 큰물은 오직 셋뿐이라고 했는데 그중 하나가 압록강이라고 했잖아. 강이 크면 클수록 강의 이쪽과 저쪽의 차이는 훨씬 더 커지겠지. 네가 비행기를 타고 열 시간이 넘도록 태평양을 건너면서 참 바다가 크다는 생각을 했다면, 태평양의 이쪽과 저쪽에 또 그만큼의 차이가 있는 거니까.

때마침 비가 와서 생긴 일이기는 하지만, 어떤 곳이든 중요하고 의미가 큰 곳이라면 그렇게 쉽게 문을 열어 주는 법이 아니지. 백두산이나 한라산처럼 매우 높은 산만 봐도 서너 차례 가면 한 번 정도 맑은 날을 볼까 말까 하잖아. 세상 이치가 그렇기는 해도, 지금 상황은 한가하게 있을 수만은 없어. 생각해 봐, 황제의 생신을 축하하기 위해 나선 길이니 반드시 날짜에 맞추어 가야 하는 거잖아. 벌써 열흘이나 까먹고 있으니 마음이 급했겠지. 그러니 무리를 해서라도 건너야만 하는데, 물은 넘실대고 배는 흔들리고 겁이 날 수밖에.

물살이 매우 빨라졌다. 사공들이 일제히 뱃노래를 부르며 힘을 낸 덕에 배가 쏜살같이 나아갔다. 잠시 아찔하더니 금세 하룻밤이 지난 듯했다. 저 멀리 보이는 통군정(평안북도 의주 압록강 기슭 산봉우리에 자리 잡은 정자로, 군사를 통솔하는 지휘처로 쓰여서 '통군정'이라 했다.) 기둥과 난간이 사방팔방으로 휘감아 도는 듯했고, 전송 나온 사람들은 여태 모래 언덕에 그대로 서 있는데도 까마득하여 콩알만큼 작아 보였다.

나는 통역을 하는 역관 가운데 우두머리인 홍명복 군에게 물었다.

"자네는 도를 아는가?"

그러자 홍 군이 두 손을 마주 잡고 물었다.

"아, 대체 무슨 말씀이십니까?"

"도라는 게 알기 어려운 게 아니라네. 그저 저기 보이는 저 언덕에 있는 걸세."

"혹시 『시경』에 나온 '먼저 저쪽 언덕에 오른다.'는 걸 말씀하십니까?"

어떻게 해야
조선과 청나라 양쪽을
제대로 볼 수 있을까?

"그런 말이 아니네. 이 강은 바로 우리나라와 중국 사이의 경계를 이루는 곳이란 말일세. 나라 사이의 경계라는 게 언덕 아니면 물이기 마련이지. 세상 사람들이 꼭 지켜야 할 윤리나 만물의 법칙이란 것도 물가 언덕 같지. 그러니 도는 다른 데서 구할 게 아니야. 그 물의 가장자리에 있으니까."(「도강록」 6월 24일)

그 무서운 물살을 보면서 박지원은 이런 이야기를 하고 있어. '도(道)'는 본래 사람들이 다니는 길을 뜻하는데 여기서는 깊이 깨친 이치를 말해. 강변으로 난 길이나 배가 지나가는 물길 등을 가리키는 게 아니라, 이쪽과 저쪽을 가르는 경계가 되는 지점을 박지원은 '도'라고 하고 있어. 나라와 나라 사이를 구분 짓는 국경은 대체로 큰 강이나 바다 같은 물, 또는 높은 산 등으로 기준을 삼으니까, 조선과 청나라를 가르는 압록강을 가리키면서 '도'에 대해 말하고 있는 거지.

현기는 잘 모르겠지만 예전에는 문지방에 앉지 말라는 금기가 있었어. 문지방은 문의 안과 밖의 경계를 말해. 그러니까 문의 안도 아니고 바깥도 아닌 곳이지. 이쪽에도 속하지 않고 저쪽에도 속하지 않는 것을 함부로 해서는 안 된다고 생각해서 조심하도록 했지. 재미있는 것은 문지방은 문의 안과 밖 어느 쪽에도 속하지 않는 것이지만 그렇기 때문에 또 어느 쪽에도 다 속한다는 거야. 그러니까 그런 대상에 대해서는 늘 조심하고 함부로 해서는 안 돼.

방에서 일어나는 일도 궁금하고 거실에서 사람들이 무슨 이야기를 하는지도 알고 싶다면 어디가 가장 좋을까? 그래 맞아. 문을 열고 문지방 위에 서 있는 거겠지.

여기서 보는 압록강도 문지방 같은 거야. 강 위에 자를 대고 금을 그을 수 있는 것도 아니니까 그 넓은 강은 이쪽에도 속하지 않고 저쪽에도 속하지 않는 거지. 거기에서는 또 양쪽이 다 한눈에 들어올 테고. 정말 그래, 이쪽이나 저쪽에 치우치게 되면 어느 한쪽을 제대로 볼 수 없게 되겠지. 그렇다고 그 중간에 어설프게 끼어 있어도 안 될 테니까 정신 똑바로 차리고 양쪽을 다 잘 보아야만 해. 양쪽을 다 보겠다고 강물에 빠져 버리면 곤란하잖아?

주눅 들지도 말고 무시하지도 말자

그렇지만 아무리 각오를 단단히 한다고 해도, 매순간 새로운 것이 눈앞에 펼쳐지고 낯선 문물들에 접하게 되면 누구나 중심을 잃기 쉬워. 특히 자기가 사는 데보다 우월한 곳이라고 평가되는 곳에 가면 주눅 들기 십상이거든.

책문(柵門) 밖에서 안쪽을 바라보았다. 일반 백성들이 사는 집들이 모두 대들보를 다섯 개씩이나 써서 높지막했다. 풀로 이엉을 얹어 지붕을 덮었고, 용마루가 하늘 높이 솟았으며, 대문이며 창문들이 가지런했다. 길은 평평하고 쭉 뻗은 게 마치 먹줄이라도 튕겨 그은 듯 반듯했다. 담은 모두 벽돌로 쌓았고, 길에는 사람 타는 수레와 짐마차가 연신 오갔다. 늘어놓은 그릇들은 모두 그림을 그려 놓은 도자기인데 어디로 보나 촌티가 없었다.

친구 홍명보가 "그 규모가 크지만 수법은 세밀하다."고 일러 준 적이 있는데, 책문이 중국의 동쪽 변방의 끝인데도 이 정도였다. 이런 생각에 나는 길을 가며 구경하다가 문득 기가 꺾여 여기에서 되돌아갈까 하는 생각마저 들어 화끈거렸다.

그 순간, 나는 깊이 반성했다.

'이게 아마도 질투심이겠지. 평소 내 성미가 소박하여 남을 부러워하거나 질투하는 마음을 끊어 냈는데 이제 다른 나라 국경에 들어서서 겨우 만분의 일도 보지 못하고서 이런 잡생각이 드는 것은 무슨 까닭인가? 이건 다 내 견문이 좁은 탓일 것이다. 만일 석가여래의 밝은 눈으로 온 세상을 두루 본다면 세상에 평등하지 않은 것이 없을 것이다. 또, 만사가 평등하다면 질투심이나 부러움 같은 것도 없을 테다.'(「도강록」 6월 27일)

조선과 청나라의 국경 지대에 나무로 만든 울타리가 쳐져 있는데 거기를 드나들 수 있게 만든 출입문이 바로 책문이야. 압록강 건너 약 50킬로미터쯤 떨어진 곳에 있었는데 조선 사신들이 거기에서 입국 수속을 밟았지. 지금 우리나라는 국경이 전부 바다로 되어 있어서 외국에 나갈 때면 그 나라의 공항이나 항구 터미널이 첫 관문이 되지만, 육지로 넘어가는 국경에는 책문과 같은 관문이 있어. 너도 알지? 미국에서 캐나다로 넘어갈 때 자동차를 세워 두고 출입국 수속을 밟는 곳이 있잖아.

그런데 이상한 일이 일어났어. 조금 전까지 한껏 흥이 난 사람들이 책문을 넘어서자마자 갑자기 기가 죽어 버린 거야. 거기서는 보통 사람들이 사는 집도 높지막한 기와집이었고 대문이나 창문들이 모두 반듯반듯하게 가지런했다잖아. 게다가 길은 또 어땠어? 전에는 목수들이 긴 나무를 반듯하게 자를 일이 있을 때 먹물을 먹인 줄을 팽팽하게 당긴 후 그 줄을 튕겨서 선을 그었는데 집과 집 사이의 길들이 그 먹줄로 그린 듯 반듯했고, 그 사이로 쉴 새 없이 수레들이 다녔어. 이 모든 것들은 조선에서 볼 수 없는 풍경들이었지. 도심 같은 번화한 곳이라면 혹시 몰라도, 이 책문 근처라면 청나라로서는 변방의 제일 끝일 텐데 변두리 중의 변두리까지 그렇게 호화롭다면 중심으로 옮겨 가면 얼마나 더할지 생각만으로도 아찔했던 거야.

그런 마음이 드는 순간, 박지원은 바로 자신이 견문이 좁은 탓이라고 생각했어. 그것이 대단해서가 아니라 자신이 부족하기 때문이라고. 전에 이런 걸 한 번이라도 본 적이 있었더라면 대수롭지 않게 지날 수 있을 텐데, 그런 광경을 처음 보게 되니까 공연히 마음이 뒤엉키는 거지. '시방세계'는 열 방향의 세계를 말해. 위와 아래, 동서남북, 또 동서남북 사이의 동남, 동북, 서남, 서북 이렇게 열 방향의 공간 전체를 말하지. 석가여래는 거기에다 과거·현재·미래까지 시간 개념을 모두 포함한 전 우주를 다 보는 분이라고 해. 만약 그런 눈이 있다면 여기를 보느라 저기를 못 보고, 과거를 몰라서 현재를 오해하는 일은 없겠지.

박지원은 부처님까지 떠올리면서 마음의 중심을 잡아야 했어. 이제 막 국경을 넘어서는 마당에 헛된 잡념을 떨쳐 버릴 수 있도록 간절히 기도하는 마음으로 말이야. 그런데 재미있는 것은 그런 박지원과 달리 다른 사람들은 그야말로 세상물정 모르고 천방지축이었지.

외국으로 나가는 사절단에는 여러 부류의 사람들이 섞여 있기 마련이야. 통역하는 역관도 가고, 말을 부리는 말몰이꾼도 가며, 잔심부름을 거드는 하인도 따라갔지. 장복이 바로 박지원의 하인이었는데 어땠는지 볼래?

내가 장복을 돌아보며 물었다.
"장복아, 너는 이다음에 죽어서 중국에서 다시 태어난다면 어떻겠느냐?"
그러자 장복이 대답했다.
"중국은 되놈의 나라입니다. 소인은 싫습니다요."
「도강록」 6월 27일)

그때 중국은 한족(漢族)이 다스렸던 명나라가 망하고 만주족이 다스리는 청나라였어. 조선은 본래 명나라를 받들며 지냈는데, 만주족이 청나라를 세워 중국을 통치하게 되면서 조선까지 쳐들어와 어쩔수 없이 굴복했지. 그래서 청나라를 오랑캐들의 나라라고 하여 내심으로는 인정하려 들지 않는 분위기였어. 청나라 사람들을 '되놈'이라고 깎아내려 부르기도 했고. 장복은 작은 나라의 하인으로 있으면서도 그런 큰 나라의 실체를 인정하기는커녕 '되놈의 나라'라며 무시하고 있지.

이게 바로 현실이야. 정작 많은 것을 알고 있는 박지원 같은 사람은 청나라의 변두리마저도 번화한 것을 보고 주눅 들어 있는데 장복 같은 하인은 아예 아무것도 볼 생각도 않은 채 싫다고만 하잖아. 박지원은 장복의 이런 모습을 보고 다시 정신을 차리지. 자기처럼 주눅이 들어서도 안 되지만, 장복처럼 알지도 못하면서 배척하는 것 또한 안 되는 거라고.

그것이 바로 석가여래가 세상을 보는 지혜의 눈이야. 실제 가치 이상으로 우월하게 보거나 열등하게 평가하지 않고 객관적으로, 평등하게 바라보아야 한다는 거지.

봉황산은 봉황산대로 삼각산은 삼각산대로

그렇다면 어떻게 해야 경계를 넘어가서 이쪽저쪽을 제대로 볼 수 있을까? 아니, 정말 그렇게 객관적으로 평등하게 바라보는 게 가능한 일일까? 따지자면 한없이 복잡하겠지만, 박지원이 중국에 가서 봉황산을 보며 그런 생각을 정리해 둔 게 있으니까 참고해 보자.

멀리 봉황산을 바라보았다. 산 전체가 돌덩어리로 땅에서 뽑아 올린 듯했다. 마치 손가락을 세운 듯, 연꽃이 반쯤 핀 듯, 하늘 가에 여름 구름이 신기하게 떠 있는 듯해서 딱히 무어라 이름 붙

#사물을_객관적으로_본다는_것에_대하여

이거나 말로 표현하기 어려울 만큼 빼어났다. 그러나 조금 흠이 있다면 맑고 윤택한 기운이 부족한 점이었다.

　전에 언젠가 나는 한양의 도봉산과 삼각산이 금강산보다 낫다고 말한 적이 있다. 물론 금강산은 그 골짜기가 '일만 이천 봉'으로 기이하고 높고 웅장하고 깊지 않은 게 없다. 들짐승이 움켜쥔 듯, 새가 날아오르는 듯, 신선이 허공으로 치솟는 듯, 부처가 가부좌를 틀고 있는 듯 각양각색이다. 그러나 음산하고 어두침침한 게 흡사 귀신 소굴이라도 들어가는 듯한 기분이 든다. 일찍이 신광온과 함께 단발령에 올라 금강산을 멀리 바라다본 일이 있는데, 마침 가을 날씨가 푸른 가운데 석양빛이 비스듬히 걸려 있었다. 그야말로 천하제일의 기이한 모습이지만 윤기 나는 자태가 없어서 금강산을 위해 탄식하지 않을 수 없었다.(「도강록」 6월 27일)

봉황산은 박지원이 압록강을 건너가 중국에서 본 첫 산이야. 실제 모습을 보면 온통 돌투성이인 돌산인데, 이런 산은 바위 모양이 일품이거든. 기암괴석이 가득한 그런 산 말이야. 그런데 이런 기이한 산을 보는 박지원의 시각이 매우 독특해. 보통 사람 같으면 대단하다고 감탄하면서 우리나라에서는 보지 못할 기이한 산이라며 경탄하겠지. 그런데 박지원은 어때? 그 산을 보면서 대뜸 도봉산과 삼각산, 금강산을 들고 나오는구나. 삼각산은 북한산을 달리 부르는 이름이니까, 도봉산과 삼각산은 다 서울에 있는 산이야.

문제는 어느 산이든 다 빼어나지만, 빼어난 것만 가지고는 진짜 좋은 산이라고 할 수 없다고 했어. 박지원은 봉황산은 도저히 산이라고 생각지 못할 만큼 기이하지만, '맑고 윤택한 맛'이 없다고 하는구나. 어쩌면 외국에 나가서 느끼는 편견일지도 모르겠다고? 어쨌든 우리 것이 더 좋다는 고정관념 말이야. 그러나 박지원은 그것이 고정관념이 아니라는 것을 보여 주기 위해 도봉산, 삼각산, 금강산을 끌어들이고 있어.

그런데 현기야, 너도 가 봐서 알겠지만 도봉산과 삼각산은 서울을 에워싼 산으로 누구나 쉽게 가 볼 만한 데야. 지금도 휴일이면 등산하는 사람들로 가득 찬 산이잖아. 금강산은 그렇지 않아. 일부러 마음을 먹고 가 보아야 겨우 구경할 수 있는 명산이고, 도봉산이나 삼각산처럼 당일에 올라갔다 내려올 수 있는 산도 아니지. 그만큼 구경거리가 많은 산이야. 오죽하면 옛날 중국 사람들이 "고려에 태어나 금강산 가 보기를 원한다."는 말을 했겠어. 그러니 당연하게 사람들은 금강산을 훨씬 더 좋은 산, 명산 중의 명산으로 쳤겠지.

박지원은 바로 그런 일반인의 생각에 이의를 달고 있어. 금강산이 분명 기이하기는 하지만 거기에 들어가 보면 기괴한 느낌이 들어서 귀신 소굴로 가는 것 같다고 했지. 역시 사람을 포근하게 해 주는 기운이 적었던 거야. 박지원은 그것을 '왕성한 기운'이라고 표현했고 그런 기운은 도봉산과 삼각산이 더하다고 했어. 이렇게 보면, 그 겉모습의 기이함으로는 봉황산이 대단하고, 산세의 웅장함과 다채로움은 금강산이 최고지만, 사람을 감싸 안아 주는 푸근한 맛으로는 북한산이나 삼각산이 더 낫다고 할 수 있어.

사람들이 흔히 어떤 것이 최고이며, 이것이 저것보다 더 좋다는 식으로 등급을 매기는 데 주력하는 동안, 박지원은 이것과 저것이 지닌 각각의 특색을 잘 살펴보았던 거지. 그래서 봉황산은 봉황산대로 좋고, 금강산은 금강산대로 훌륭하고, 북한산은 북한산대로 제 멋을 찾게 된 거고 말이야.

현기야, 강 하나만 건너면 완전히 다른 세상이지만, 그 세상을 보는 방법은 그렇게 간단치가 않구나. 강은 누구나 건널 수 있지만, 강의 이쪽과 저쪽을 제대로 보고 올바르게 판단하기란 여간 어렵지가 않은 거지. 그것이 바로 박지원이 압록강을 건너면서 그곳이 나라와 나라의 경계가 되는 지점임을 강조한 까닭일 거야.

너도 가 봤겠지만 미국의 수도 워싱턴에 가면 미국이라는 나라가 만들어진 과정을 보여 주는 여러 유적들이 있어. 링컨기념관 같은 데 가서 사진도 찍고 흡족해하는 한국 관광객들을 많이 볼 수 있지. 그런데 정작 대한민국의 건국과 관련된 곳을 찾아 여행하는 사람들은 많지 않아. 유럽 여행을 하면서 그곳 박물관에 특별 전시된 세계 대전 관련 자료들을 열심히 보는 한국 관광객들은 많지만, 우리나라 역사박물관에서 6·25 관련 전시회를 열면 어떠니? 그다지 북적거린

주눅 들지 말자!
치우치지 말자!
배척하지 말자!

그래야 제대로 볼 수 있다.

다고 할 수는 없어. 그렇다고 우리나라 곳곳은 다 누비면서 외국과는 담 쌓고 살라는 말은 아니야. 박지원처럼 양쪽을 다 제대로 보려는 마음가짐을 가지는 게 중요하다는 거지.

몇 해 전 미국의 나이아가라 폭포에 갔을 때, 가이드에게 재미난 이야기를 들었어. 그 웅장한 폭포를 보고서는 꼭 "뭐, 이과수 폭포에 대면 별게 아니군."이라고 말하는 사람이 있다는 거지. 만약 그 사람이 거꾸로 나이아가라 폭포를 먼저 보았다면 이과수 폭포를 보고도 "아무래도 나이아가라 폭포가 더 낫다니까."라고 말했을지도 몰라. 그러나 박지원이 한 것처럼 둘의 장단점을 잘 파악한 후, 제 기준을 세워서 어느 쪽이 낫다고 말할 수 있을 때 제대로 세상 구경을 했다고 할 수 있겠지.

그래, 여행의 참뜻은 그런 거야. 이쪽에 서서 저쪽이 더 낫다고만 하거나, 저쪽에 가 봐도 이쪽만 한 곳이 없다고만 한다면 여행을 한 보람이 적겠지. 이쪽과 저쪽을 다 볼 수 있는 곳에 서서 객관적이고 합리적으로 양쪽을 제대로 볼 수 있을 때, 여행의 의미가 커질 테니까. 『열하일기』의 「도강록」은 그 방법을 잘 보여 주고 있구나.

어때? 『열하일기』가 왜 강을 건너는 데서부터 시작하는지 답을 찾은 것 같니?

조선의 사신이 궁금하다고?

조선은 국가의 중요한 외교 업무를 처리하기 위해 외국에 사신단을 보냈습니다. 주로 중국과 일본이 그 대상이었는데 똑같은 사신이지만 그 내용은 많이 달랐답니다. 중국은 조선이 섬겨야 하는 큰 나라로 사대(事大)외교의 대상이었던 데 비해서, 일본은 섬의 오랑캐 정도로 낮춰 보는 나라로 교린(交鄰)외교의 대상이었기 때문입니다. 그래서 명나라에 파견하던 사신은 '조천사'라고 하여 천자의 나라에 인사를 올린다는 뜻이 강조된 반면, 일본에 파견하던 사신은 '통신사'라고 하여 신의를 통한다는 뜻이 강조됩니다.

그러나 중국 한족이 세운 명나라가 망하고 청나라가 들어서자 청나라로 가는 사신을 '연행사'로 부르기 시작합니다. 청나라의 수도인 북경이 옛날 연나라의 수도인 연경이기 때문입니다. 천자의 나라로 머리를 숙이는 대신 그저 연경으로 파견하는 사신이라는 뜻을 담은 것입니다. 그래서 똑같이 중국을 다녀온 사신이 남긴 기록이더라도 명나라 시절에는 '조천록'이라 하고 청나라 시절에는 '연행록'이라고 합니다. 『열하일기』는 연행록의 대표적인 작품으로 꼽힙니다.

중국으로 사신을 보내는 일은 정례적으로 이루어지는 경우와 임시로 이루어지는 경우로 나뉩니다. 전자에는 동지를 축하하는 동지사, 새해를 축하하는 정조사, 황제나 황후의 생일을 축하하는 성절사 등이 있었으며, 후자에는 감사할 일이 있을 때 보내는 사은사, 특별한 일을 요청할 때 보내는 주청사, 축하할 일이 있을 때 보내는 진하사, 조선에 대한 오해를 풀기 위한 변무사 등이 있었습니다.

사신단의 구성은 총책임자인 정사와 그 다음의 직책인 부사, 그리고 사행 관련 기록 업무 등을 담당하는 서장관 등 3인이 핵심 인원이었고, 그밖에 통역을 하는 역관, 물품을 담당하는 압물관, 건강을 책임지는 의원 등등이 딸렸습니다. 거기에 사신을 호위하는 공식·비공식 수행원, 마부, 노비 등등을 합치면 대체로 200~300명의 대규모 인원이 오 개월 안팎의 긴 여정을 함께했습니다. 조선에서 청나라로 사신을 공식 파견한 횟수만 해도 오백 회가 넘을 만큼 대단한 일이었습니다.

참고로, 박지원은 정사로 가는 그의 팔촌 형을 수행하는 자제 군관이었습니다. 자제 군관은 사신의 자제나 친인척 중에서 선발한 비공식 수행원으로 명목상의 군관이었습니다. 공식 업무가 별로 없었기 때문에 비교적 자유롭게 구경하고 민간 외교 사절 구실을 했는데요, 그 덕에 더 훌륭한 기록을 남길 수도 있었습니다. 현재 남아 있는 연행록 가운데 최고로 꼽는 세 작품인 김창업의 『연행일기』, 홍대용의 『담헌연기』, 박지원의 『열하일기』가 모두 자제 군관의 작품이니까 제몫을 단단히 한 셈이지요.

둘째 구경

작은 물건으로 읽는 큰 세상

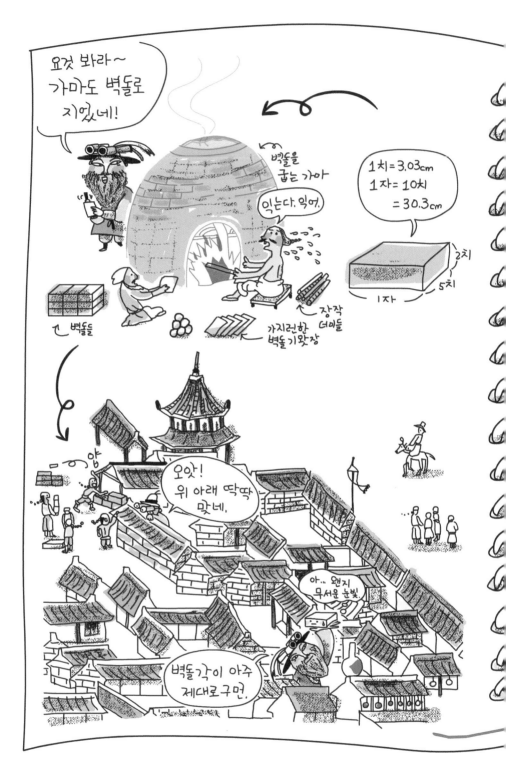

술잔 하나로 엿보는 세상

현기야, 혹시 네 방에 이름이 있니? 무슨 말이냐고? 네가 생활하고 공부하는 방 이름 말이야. 예전에는 서재가 있으면 거기에 이름을 지었단다. 나도 내가 공부하는 서재에 이름을 달아 '작은 세상'이라고 했어. "세상은 큰 책, 책은 작은 세상."이라는 구호에서 따온 거지. 내가 공부를 시작할 때 만들어 둔 구호인데, 서재가 책을 읽고 공부하는 곳이지만 책을 통해 보려는 것이 책 바깥의 큰 세상이라는 걸 잊지 않으려는 뜻이야. 이렇게 보면 책은 나와 세상을 잇는 다리와도 같지. 책을 통해 세상으로 들어갈 수 있으니까.

사람마다 그런 게 하나씩은 있을 것 같아. 똑같이 외국 도시를 여행하더라도 어떤 사람은 지붕의 빛깔로 도시의 분위기를 판단하고, 어떤 사람은 그곳 사람들의 표정으로 그 도시의 행복도를 가늠하지. 그런 것들은 도처에 널려 있는데, 그것들을 포착해 내는 데 박지원은 선수였어. 특히 아주 작은 물건, 사소해서 그냥 지나칠 법한 것들에서 세상을 읽어 내는 재주가 있었어.

박지원 일행은 앞에서 본 것처럼 별별 일을 겪으며 국경을 넘었어. 그간 힘도 들었겠고, 여독도 풀 겸 어느 술집으로 갔던가 봐. 궁궐의 의사인 어의(御醫) 변관해와 동행했는데 여기서 박지원의 그 재주를 좀 보도록 하자.

　술집 안은 이미 조선 사람들로 그득했다. 다리를 걷어 올리거나 갓을 쓰지 않은 맨상투 차림으로 의자에 비스듬히 앉아 한창 시끌벅적한 중이었다. 그러나 그들은 우리를 보자 모두들 서둘러 자리를 피했다. 술집 주인이 몹시 화가 나서 변 군을 보며 말했다.

　"이 눈치 없는 벼슬아치들이 와서 장사를 망쳐 놓는군."

　그러자 변 군의 말몰이꾼인 대종이 나서서 주인의 등을 두드리며 달랬다.

　"형님, 투덜대지 마슈. 이 두 어른들이야 한두 잔 마신 후 일어나실 테지만, 제깟 것들이 어느 안전이라고 감히 의자에 비스듬히 앉아 있을 수 있겠수. 그저 잠시 자리를 피했다가 조금 있으면 돌아올 거유. 그때 이미 먹은 술값은 치를 테고, 덜 먹었으면 가슴을 풀어헤치고 신나게 마실 게유. 형님은 염려 붙들어 매고 술 넉 냥만 따르슈."

　주인은 그제야 얼굴에 웃음을 띠었다.

　"알았네. 두 분은 합해서 넉 냥을 드릴까, 각각 넉 냥씩 드릴까?"

　"각각 넉 냥씩 따르슈."

그러자 변 군이 꾸짖었다.

"아니, 술 넉 냥을 누가 다 마신다는 거야?"

그 말에 대종이 웃었다.

"넉 냥은 술값이 아니라 술의 무게입니다."

그 탁자 위에는 술잔들이 쭉 진열되어 있었다. 한 냥들이에 열 냥들이까지 거기에 맞는 그릇들인데 모두 주석으로 만들어 윤을 내어 은처럼 빛났다. 술을 넉 냥 주문하면 넉 냥들이 잔에 술을 따랐다. 그래서 손님들이 술이 많고 적은 걸 따질 필요가 없어서 간편했다.(「도강록」 6월 27일)

예나 지금이나 외교 사절단이 갈 때는 딸려 가는 사람이 한둘이 아니야. 그 가운데는 당연히 의사도 있었는데 변관해가 바로 그런 사람이야. 대종은 그의 말몰이꾼이었는데, 외국 나들이에 아랫사람을 데려갈 때에는 당연히 외국 문물을 잘 아는 사람을 데려갔을 거야. 대종도 그런 사람이었던가 봐. 중국말도 제법 하고 술자리에서의 요령도 있었어. 한마디로 여행 가이드 역할이었지.

박지원이나 변관해는 중국 나들이가 처음이어서 오해를 하지. '냥'이라는 단위가 돈을 세는 단위이기도 하지만 무게의 단위이기도 한데 그걸 몰랐던 거야. 지금도 금이나 은의 무게를 잴 때는 '냥'을 쓰는데, 금 한 돈은 3.75그램이고 그 열 배가 한 냥이지. 조선 사람들이 중국 술집에 가서 무게의 단위를 돈의 단위로 오해한 거야. 제도와 풍습이 다른 외국에 가면 그런 오해는 늘 있는 일이니까 별것도 아니지.

그러나 박지원은 대수롭지 않은 그 일에서 합리성을 발견했어. 가령 어떤 주막에 갔는데 술 한 주전자에 얼마씩 값을 정해서 판다고 생각해 봐. 주막마다 주전자의 크기도 다를 테고 한 주전자에 술을 채우는 양도 다를 테니까 손님들이 제대로 가늠하기가 어렵겠지. 어떤 곳에서는 비싸게 먹고 또 어떤 곳에서는 싸게 먹고 그럴 거야. 그런데 여기에서처럼 술잔의 무게에 따라 술의 양이 정해진다면 따질 필요가 없게 되는 거지.

제도가 정비돼야 백성들이 편하다

박지원은 바로 여기에서 백성들이 편안하게 살아 나갈 실마리를 찾아냈어.

가게에 진열된 물건들을 보니 모두 가지런하고 반듯해서 조금도 초라하거나 임시방편으로 해 놓은 게 없었다. 어느 것 하나 어수선하지 않아서 외양간이나 돼지우리조차도 크고 반듯해서 격식에 맞지 않는 게 없고, 장작단이나 거름 더미까지도 깨끗하고 가지런해서 그려 놓은 듯했다.

　아! 이렇게 제도가 정비된 뒤에야 비로소, 쓰는 것을 편리하게 하는 '이용(利用)'이라 할 수 있겠다. 또, 이용을 한 뒤에야, 먹고 사는 것을 두텁게 하는 '후생(厚生)'을 할 수 있고, 후생을 한 뒤에야, 덕을 바르게 하는 '정덕(正德)'을 할 수 있겠다. 이용을 못하고서 후생을 하는 경우는 매우 드물며, 후생이 부족한데 어떻게 정덕을 할 수 있을까.(「도강록」 6월 27일)

　크기별로 나란히 있는 술잔을 보며 생각에 잠긴 박지원은 가게를 쭉 둘러보았어. 모든 물건이 제자리에 놓여 흐트러짐이 없었지. 제도가 정비되고 나면, 편리하게 사용하게 되고, 그 결과 백성들의 삶이 넉넉해진다는 거야. 그렇게 되면 최종적으로 덕을 바로잡아 인간답게 살 수 있다는 논리야. 그러나 당시의 많은 사람들은 그 순서를 거꾸로 생각했었나 봐. 덕을 쌓아 바르게 살다 보면 저절로 삶이 넉넉해지고 모든 것들을 편리하게 사용할 수 있다고 믿은 거지.

　물론, 최고의 덕을 갖춘 사람들만 모여 산다면 그런 생각도 아주 틀린 것은 아니야. 술 한 주전자를 달라고 하면 누가 뭐라 안 해도 눈속임 없이 제대로 담아 주고, 이 고을에 가나 저 고을에 가나 속을 걱정 없이 마음 놓고 즐길 수 있다면 얼마나 좋겠어. 그러나 현실이 그렇지 못하다면, 사람들 심보가 틀려먹었다며 서로 다툴 게 아니라

사람 탓을 할 게 아니라 제도를 먼저 정비해야 해.

제도부터 정비하여 편안히 살아갈 방법을 마련해야겠지.

　이런 식으로 살펴 나가다 보면 온갖 것들이 다 눈에 들어오게 돼. 가령 조선에서는 물통의 테두리를 대나무로 했는데 중국에서는 쇠로 했다든지, 조선에서는 사람들이 물통을 등에 지는데 중국에서는 어깨에 멘다든지 하는 차이를 살필 수 있는 것이지. 그리고 어떤 쪽이 왜 더 편리한지, 어떤 방향으로 개량해야 좋을지 궁리했지. 박지원은 물건을 만드는 장인이 아니라 글을 읽고 공부하는 선비였지만, 그런 데에 관심을 가졌다는 점에서 특별한 거야.

벽돌 하나로 생활이 달라진다면

　실제로, 박지원은 길을 보면 길은 어떻게 나 있는지, 집을 보면 집을 어떻게 지었는지 세심하게 관찰하고 기록했어. 특히 집을 지을 때 어떤 재료를 사용하는지에 대해 꼼꼼하게 기록해 두었지.

　집은 온통 벽돌로만 짓는다. 벽돌은 흙으로 구워 만드는데 그 길이는 한 자이며, 폭은 다섯 치다. 가지런히 포개 놓으면 반듯하게 들어맞고 두께는 두 치다. 한 틀에서 찍어 내도 귀가 깨진 것이나 모서리가 뭉그러진 것, 전체 모양이 뒤틀린 것 등은 쓰지 못한다. 벽돌 하나라도 그런 것을 꺼리는 까닭은 그런 벽돌을 사용했다가는 자칫하면 집 전체가 뒤틀리게 되기 때문이다. 이 때문에 같은 틀에서 찍어 낸 벽돌이라고 해도 불량품이 있을까 걱정하여 꼭 자로 재어 보고, 잘못된 것은 자귀로 깎기도 하고 숫돌로 갈기도 해서 반듯하게 만들어서 벽돌 만 장이 한결같다.

　벽돌을 쌓는 방법은 위아래를 서로 엇갈리게 하여 ☰☰모양과 ☰☰모양으로 자연스럽게 쌓아 올린다. 또, 벽돌과 벽돌의 틈에는 석회를 바르는데 종잇장 두께로 해서 그 붙인 흔적이 실밥처럼 가느다랗다. 석회를 반죽하는 방법은 거친 모래를 섞지 않으며 찰흙도 피한다. 모래가 굵으면 엉겨 붙지 않고 흙이 차져도 갈라지기 쉽기 때문이다. 그래서 반드시 거무스름하고 기름진 흙에 같은 양의 회를 섞어 반죽을 하면 그 빛깔이 검은 게 마치 막 구워 낸 기와 같다. 이렇게 하면 너무 차지거나 갈라 터지지 않고, 그 빛깔과 본바탕도 깨끗하기 때문이다.

또한 삼과 비슷한 어저귀 줄기를 잘게 찢어 넣어 섞는데, 이는 우리나라에서 미장이가 흙손으로 흙을 바를 때 말똥을 함께 개어 하듯이 질겨서 터지지 않게 하려는 것이다. 또 동백기름을 타서 젖처럼 부드럽고 미끄럽게 하는데, 이는 잘 붙어서 갈라 터지지 않게 하기 위한 것이다.(「도강록」 6월 28일)

너도 보면 알겠지만, 마치 벽돌 전문가가 쓴 것처럼 벽돌의 크기, 모양, 좋은 벽돌의 요건, 벽돌을 쌓는 방법, 벽돌이 쉽게 터지지 않는 비결 등이 지나치다 싶을 만큼 세밀하게 씌어 있어. 이런 것을 보면, 박지원에게 벽돌은 매우 진귀한 물건이었던 게 분명해.

그렇다면, 박지원이 다른 신기한 것들도 많았을 텐데 하필이면 벽돌에 애착이 많았는지 궁금하지 않니? 예전의 건축 재료는 대개 나무, 돌, 흙 같은 것들이었지. 돌로 쌓는 것은 너무 힘이 많이 들어서 쉽게 쌓을 수 없었을 테고 대개 나무와 흙이었을 거야. 사방에 주춧돌을 놓고 그 위에 큰 나무로 네 기둥을 세운 후, 기둥과 기둥 사이는 흙으로 채워 넣는 방식으로 말이지. 그렇게 하면 짓기는 쉽겠지만 흙이 겉에서부터 떨어져 나가거나 아래로 부서져 내릴 수가 있어. 크고 작은 구멍이 생겨서 안팎의 열이 차단되기 어렵고 또 쥐나 뱀 같은 동물들이 집 안으로 들어올 수도 있겠지.

벽돌도 흙으로 만든 것이긴 한데, 그냥 흙을 짓이겨서 담을 쌓는

근데 나으리는 왜 그렇게
벽돌에 관심이 많으십니까?

부끄러워.

것과 단단한 벽돌로 구워 내서 쌓아 올리는 것과 같은 작은 차이가 생활 수준을 크게 갈라놓는 거야. 또, 벽돌은 단순히 벽돌에서 끝나는 게 아니야. 집은 벽 위에 지붕을 얹어야 완성되기 때문이지. 그런데 벽돌로 쌓지 않으면 벽의 견고함이 떨어질 것이고, 그런 상태에서 무거운 기와가 아래로 누르게 되면 제대로 지탱하기 어렵겠지. 여기저기 구멍이 생기고 그 틈 때문에 생겨나는 불편이 이만저만 아닐 거란 말이야. 그래서 박지원은 벽돌을 굽기만 하면 집은 이미 다 지어진 셈이라고 결론을 짓지. 벽돌은 그 모든 문제점들을 한 번에 날려 주니까 말이야.

나랏일을 하는 사람들이 백성들을 바르게 다스려야 한다고 외치기는 쉽지만 정말 백성들이 편하게 살도록 해 주기는 어려운 법이지. 백성들을 편안하게 해 주겠다고 백번 말하는 것보다 구체적으로 어떠한 것들이 필요한지 찾아보고 해결책을 제시해 주는 것, 그것이 바로 참된 지도층이 갖출 덕목일 거야.

벽돌 하나를 넘어 성벽으로

어때? 이 정도면 박지원의 시야가 퍽이나 넓다고 할 수 있겠지? 아주 사소한 데에서 출발했지만 그것이 결국은 백성들의 집으로 연결되고, 거기서 사는 사람들의 생활까지 다루고 있으니까 말이야. 하지만 이 정도만으로는 『열하일기』의 진가가 드러나지 않아. 박지원은 벽돌에서 시작된 관심을 일반 백성들의 집에 그치지 않고 나라를 지켜 내기 위한 성으로까지 관심을 넓히고 있거든.

중국 한나라의 낙랑군 관청이 평양에 있었다고 하는데, 그 평양은 지금 조선의 평양이 아니고 요양 땅에 있는 평양이다. 그 뒤 고려 때에 요동과 발해가 모두 거란에 편입되어 겨우 자비령과 철령 두 고개로 국경선을 그어 국토로 지키며 선춘령과 압록강을 내팽개쳐 돌아보지 않았는데 그 밖의 땅까지야 어디 한 발자국이라도 돌아보았을까?

고려가 비록 반도 안에서 삼국을 합병했지만 그 영토와 국력 면에서 고구려의 강대함에 결코 미치지 못했다. 그러나 고리타분한 후세의 학자들은 '평양'이라는 옛 이름만을 속으로 그리워

했다. 그래서 그저 중국 역사책에 의거하여 수나라나 당나라의 옛 자취에만 관심을 두어 "이곳이 패수요, 이곳이 평양이다."라고만 한다. 그러나 실제 역사적 사실과 다르고 어긋나는 게 말하기도 어려울 정도이다. 대체 여기가 안시성인지, 봉황성인지 어떻게 제대로 가려낼 수 있을까?

성의 둘레는 겨우 3리에 불과하다. 그러나 벽돌 수십 겹을 쌓은 구조가 웅장하고 호사스러우며 네 귀가 반듯한 게 곡식을 재는 됫박을 놓아둔 것 같다. 이제 겨우 반쯤만 쌓은 상태라 높이를 가늠할 수 없으나 성문 위 누각을 세울 자리에 구름다리를 놓아 기중기를 설치했다. 이 공사가 지나치게 거창해 보여도 여러 기계들이 편리하게 설치되어 있다. 그래서 벽돌과 흙의 운반을 모두 기계가 하며 바퀴가 움직여 위로 끌어올리기도 하고 저절로 내려가기도 하는 등 자유자재이다. 이런 것들은 일은 절반으로 하면서도 공은 그 두 배가 되는 기술이어서 본받지 않을 만한 게 없다. 그러나 안타깝게도 갈 길이 바빠서 다 둘러볼 수도 없는 데다 일일이 세심하게 살핀다 해도 잠깐 만에 배울 기술이 아니다.(「도강록」 6월 28일)

지금 조선 사신 일행은 요동의 넓은 벌판을 지나는 중이야. 그런데 이 요동 벌판은 본래는 고구려의 영토였다는 게 중요해. 박지원은 바로 그러한 점에 대해서 강조하고 있는 거야. 신라의 주도로 삼국이 통일되면서 그 드넓은 땅이 우리 영토에서 빠져나가게 되었고 그 후로 줄곧 이렇게 쪼그라들었으니 속상한 일이지.

그러나 더 원통한 일은 우리나라 사람들이 그 후로 실제 요동 벌판에는 관심을 두지 않고, 그저 중국의 옛 역사책에 나오는 지명과 같다는 이유만으로 지금 조선의 평양이나 패수('대동강'의 다른 이름)를 들먹이며 만족한다는 것이지. 그러면서 요동 벌판에 쌓은 봉황성이 비록 3리(약 1.2킬로미터)에 불과한 작은 규모지만, 벽돌을 사용하여 가지런하고 튼튼했는데 그렇게 될 수 있었던 것은 기계를 사용하여 효율을 높인 기술력에 있다고 했어.

본래는 우리 땅이었는데 이제는 남의 땅이 된 것도 한스러운 데다 사람들이 거기에 대해서 별 관심을 갖고 있지 않은 것도 속상한데, 또 바로 그곳에 벽돌 축조 기술을 사용하여 튼튼한 성까지 잘 만든 것을 보며 지나자니 착잡했다는 말이겠지.

제대로 된 가마가 숲을 구한다

박지원의 속마음은 분명 '대체 어디에서부터 잘못되어 이 지경이 되었을까?' 같은 게 아닐까 싶어. 그도 그럴 것이 당시의 조선 사람들은 대부분 그런 생각은커녕 아예 관심조차 두지 않았으니까. 심지어는 중국에 함께 갔던 일행들도 다르지 않았어. 실제로 박지원이 일행 중 한 명인 정 진사에게 중국의 성 쌓는 법에 대해 어떻게 생각하는지 의견을 물은 일이 있었는데, 정 진사는 "벽돌이 돌보다 못합니다."라고 간단하게 대답했을 뿐이야.

박지원은 그렇지 않다고 애써서 길게 설명을 해 주었지만, 정 진사는 건성으로 들었지. 말에 앉아 꾸벅꾸벅 졸고만 있었던 거야. 박지원이 왜 제대로 안 듣는 거냐고 야단치자 "제가 이미 다 들었습니다. 벽돌은 돌만 못하고, 돌은 잠자는 것만 못합니다."라고 대답했어. 물론 농담이었지만, 그 농담을 글로 남긴 박지원의 마음이 편하지는 않았을 거야.

아무리 말을 해도 말귀를 못 알아듣는 사람들과는 계속 이야기할 맛이 나지 않았을 테고, 박지원은 그렇게 외로운 마음을 달래며 계속 길을 갔어. 어느덧 달이 바뀌어 음력 7월이 되었는데 둘째 날이 되자 새벽부터 큰비가 내렸고 그 때문에 냇물이 크게 불어나서 더 이상 갈 수 없게 되었지. 그래서 어느 마을에 잠시 머물게 되었어. 일정이 어긋나긴 해도 그런 때야말로 여행객에게는 놓칠 수 없는 좋은 기회가 돼. 박지원의 눈에 가마가 들어왔어. 불을 때서 질그릇 등을 굽는 가마 말이야.

마을 어귀에 벽돌을 굽는 가마가 두 개 있었다. 하나는 마침 다 구워져 가는 참이었다. 아궁이 문에 진흙을 바르고 물을 수십

통을 길어다 부었는데 가마 꼭대기가 움푹 들어가 있어서 물을 받아도 넘치지 않았다. 가마 몸체가 이제 막 뜨겁게 달아올라 물이 닿으면 즉시 말라 버리는데, 아마 물을 부어 타지 않도록 하는 듯했다. 다른 하나는 벌써 다 구워서 가마가 식은 듯했는데 벽돌을 막 꺼내려는 참이었다.

가마를 만들어 운용하는 방식이 우리나라 가마와는 영 딴판으로, 우리 것의 문제점을 먼저 지적하는 게 이해하기 나을 성싶다. 우리나라의 가마는 일자로 길게 뻗은 아궁이로, 제대로 된 가마가 못 된다. 가마를 처음 설치할 때 벽돌이 없어 그 대신 나무를 세워 진흙으로 발라 큰 소나무를 땔감으로 써서 가마를 말린다. 그러나 장작을 태워 말리는 비용이 어마어마하다. 또 가마가 길기만 한 탓에 불길이 위로 올라가지 못하며, 불길이 위로 올라가지 못하기 때문에 불기운이 힘이 없고, 불기운이 힘이 없기 때문에 더 많은 소나무 장작을 지펴서 불길을 거세게 한다. 그런데 불길이 너무 거세면 화력이 고루 퍼지지 않고, 화력이 고루 퍼지지 않기 때문에 불에서 가까운 기와는 움푹 패거나 찌그러지기 쉽고, 불에서 먼 기와는 잘 구워지지 않을 염려가 있다.(「도강록」 7월 2일)

가마 이야기를 하면서 다시 벽돌로 관심이 돌아가지? 가마의 외벽을 벽돌로 쌓는다면 비용도 적게 들고 불도 고르게 피울 수 있을 텐데 우리나라는 그렇지 못해서 비용은 비용대로 들고 제품의 질 또한 고르지 않다는 거야. 조선에서는 가마를 어떻게 만들어야 효율적일지를 따져 보지 않고, 땔감이 많이 들어가야 한다고만 생각해서 큰 소나무 숲 근처가 아니면 가마를 설치할 생각을 하지 못하는 걸 한탄했지. 소나무 한 그루가 크게 자라려면 오랜 세월을 기다려야 하는데, 장작불에 들어가면 금세 사라지고 말거든. 그러니 가마 하나만 잘 만들어도 큰 숲 하나를 거뜬히 살릴 수 있는 건데, 그런 이치까지를 사람들이 잘 몰랐지.

사소한 것들이 중요한 일을 한다.
놓치지 말자 디테일!

현기야, 네 주변을 잘 관찰해 보면 박지원이 찾아낸 술잔이나 벽돌 같은 것들이 많을 거야. 꼭 외국을 나가지 않더라도 그런 품목을 하나 잘 정해서 여기저기 돌아다니며 살펴보는 것도 좋을 것 같아. 각 도시를 상징하는 나무는 어떻게 정해졌는지, 상가 간판들의 디자인은 도시마다 어떻게 다른지, 하다못해 식당의 밑밭찬이 지역마다 어떻게 다른지 조금만 관심을 두어도 의외로 얻을 게 많아. 뭐 그렇게 돌아다니지 않더라도 이 세상에 나사못이 없다고 상상해 보렴. 대체 우리 주변에서 온전하게 있을 만한 물건이 몇 개나 될까?

현기도 한번 찾아볼래? 벌써 찾아냈다고?

박지원은 어떤 사람이었나?

박지원은 1737년(영조 13년)에 태어나 1805년(순조 5년)까지 산, 조선 후기의 문인입니다. 한양의 양반집에서 출생하였으나, 아버지가 벼슬을 하지 못해 어렵게 지냈습니다. 그래서 할아버지 손에 크면서 제대로 공부를 못하다가 1752년, 16세에 결혼을 하여 처삼촌의 가르침 아래 본격적인 학문의 길에 들어서게 됩니다. 이때 『맹자』와 『사기』를 배우면서 문장의 기본기를 닦았던 것으로 보입니다.

1760년, 할아버지가 돌아가시고 더욱 어렵게 생활하였으며, 1765년에 과거에 응시했으나 합격하지 못하였습니다. 그 이후로는 벼슬에 뜻을 두지 않고, 박제가·유득공·홍대용·이덕무 등과 교유하며 학문을 닦았습니다. 그러나 당시 세도가였던 홍국영과 반대파에 속했던 탓에 두려움을 느껴 황해도 금천의 연암협에 숨어 살기도 했는데, 그의 호 연암은 여기에서 지어진 것입니다.

44세가 되던 1780년에 팔촌 형 박명원이 청나라에 사신으로 갈 때 그를 수행하여 중국을 여행했고 그 기록이 바로 『열하일기』입니다. 이 책으로 그의 명성이 높아지기도 했지만, 문체에 문제가 있다는 비판도 있어서 정조로부터 소설식 문체를 유행시킨다는 이유로 질책을 받기도 했습니다. 1786년, 쉰이라는 늦은 나이에 벼슬길에 오르지만, 과거를 거치지 않고 조상의 덕으로 얻은 터라 군수나 현감 등 낮은 자리였습니다. 그렇지만 그렇게 지방을 다스리면서 얻은 경험을 토대로 『과농소초』 같은 농업 서적을 쓸 수 있었습니다.

'조선 시대 최고의 문장가'라는 호칭에 걸맞게 많은 문학 작품을 남겼으며, 『열하일기』, 『과농소초』, 〈양반전〉 등의 빼어난 한문 소설 등등이 모두 그의 문집인 『연암집』에 수록되어 있습니다.

셋째 구경

호랑이가 일러 준 것

여기가
호곡장
이래.

나만큼
순수한
양반.

나만큼
길구나.

호곡~호곡~

까렌족

서릿발처럼
가늘고 눈처럼 흰
면발을 자랑하는
국수 드셈.

볼것 많다해.

심양

안 먹어,
가서 호질이나
읽어 봐.

아이고~ 호랑이님~
요즘 저는 임금에게
쓴소리를
너무하여
쓰디 쓰답니다.

한바탕 울기 좋은 곳을 지나

현기야, 『열하일기』를 읽다 보면 마치 우리도 함께 청나라를 여행하고 있는 기분이 들지? 박지원이 보고 느끼는 것에 따라 우리 마음도 달라지는 것 같구나. 그런데 박지원은 어느 한 곳에 이르러서는 마음이 뻥 뚫리는 느낌을 맛보았어. 드넓은 요동 벌판을 지나면서 한바탕 울음을 울 만한 곳이라며 감격한 거야. 곁에 있던 사람이 대체 어떤 느낌을 받을 때 울어야 하느냐며 묻자 박지원은 이렇게 설명했어.

"그런 건 저 갓난아기에게 물어보시게. 아기가 처음 태어나는 날 느끼는 것이 무엇인가? 먼저 해와 달을 보고, 다음으로 제 부모를 보며, 친척들이 자리를 꽉 채워 있으니 감탄하고 기쁘지 않을 수 없을 걸세. 이런 기쁨과 즐거움이야말로 늙을 때까지 두 번 다시 없을 테니 슬프고 노여울 리가 없다네. 그 감정으로 보자면 그저 즐거움과 웃음만 있어야 마땅하겠지. 그러나 도리어 끝없이 울어 젖히고 분노와 한이 속에 들어찬 듯하단 말이야.

그렇다면 그 까닭이 사람으로 태어난 이상 성스러운 사람이든 어리석은 사람이든 모두 똑같이 마침내 죽어야 하고 살아가는 동안에는 허물도 있고 근심이 너무 많아서 아이가 태어난 것을 후회하여 먼저 스스로 곡을 하여 조문하는 것이라 한다면, 이는 어린아이의 본래 감정을 아주 모르는 걸세. 아이가 어머니 뱃속에서는 어두컴컴하고 막혀 있다가 갑자기 넓은 곳으로 나와 손발을 쭉 펴 보며 속이 후련할 테니 어떻게 진짜 소리를 한 번 크게 질러서 감정을 깨끗이 씻어 내지 않겠는가.

그러므로 우리가 저 갓난아기를 본받아 소리에 거짓과 꾸밈이 없다면, 그때는 금강산 비로봉에 올라 동해를 바라보면서도 한바탕 울 만한 곳이겠고, 황해도 장연의 바닷가 금 모래밭을 거닐면서도 한바탕 울 만한 곳일 것이라네. 또, 지금 이 요동 벌판에서 산해관까지 1,200리 길이 사방에 산 하나도 없이 하늘 끝과 땅끝이 맞닿아 마치 아교로 붙인 듯, 실로 꿰맨 듯 옛날이나 지금이나 한결같이 오가는 비구름만이 짙푸르니, 여기 또한 한바탕 울 만한 곳이 아니겠는가."(「도강록」 7월 8일)

우리나라는 산이 많은 지형이어서 눈 돌리는 곳마다 어디든 산이 있지. 그래서 외국에 나가 드넓은 평지를 보면 색다른 느낌이 있어. 박지원은 요동의 거대한 벌판을 보면서, 뜬금없이 아기가 태어날 때 터뜨리는 울음을 들고 나왔어. 여기에서의 '운다'는 말은 조용히 눈

물을 흘리는 게 아니라, 큰소리로 목 놓아 우는 걸 말해. '통곡'한다
고 할 때의 그 울음 말이야. 답답하게 갇혀 있다 넓은 곳으로 나올
때의 감격과 경탄을 말하는 거지. 박지원은 이 요동 벌판을 울기 좋
은 장소라는 뜻의 '호곡장(好哭場)'이라고 했고, 이 대목은 많은 사람
들이 좋아하는 곳이어서 니도 곧 학교에서 배우게 될 거야.

우리가 성장을 할 때 조금씩 눈에 보이지 않게 크는 것 같지만, 사
실은 어느 한 순간 훌쩍 뛰어넘어 눈에 띄게 변화하는 순간이 있거
든. 호곡장 같은 곳이 바로 그런 지점일 거야. 내 친구 하나는 여름
방학 때 보름이 넘는 동안 '국토대장정' 행사에 참여했어. 남쪽 끝에

오늘에야 비로소 슬픔만이
눈물을 흘리게 하는 게 아님을 알았다.
이제 요동 벌판을
'한바탕 울 만한 곳'
호곡장이라 명명하노라!

태어난 날 이후로 오늘 처음 많이 울어 봄.
속이 다 시원함.

서 출발하여 계속 걸어서 임진각 앞까지 걸어간 건데, 거기에서부터 삶이 바뀌었대. 그것도 나이 마흔이 넘어서 말이야. 임진각 앞에 섰는데 저절로 사람이 바뀌는 게 느껴지더래.

박지원이 그렇게 울음을 터뜨리며 새로운 변화를 느꼈다면 그 다음의 여행 기록에는 분명 색다른 게 있겠지. 그는 강을 넘어 심양에 들어가서 이러저러한 구경을 했어. 그러다가 7월 24일, 마침내 산해관이라는 곳에 들어가게 돼. 지금도 '관문'이라는 말을 자주 쓰는데, 국경을 드나들기 위해서 꼭 거쳐야 하는 길목을 말하지. 산해관은 중국을 지켜 주는 만리장성을 드나드는 여러 관문 중의 하나야. 중국 쪽에서 보자면 동쪽 끝에 있는 관문이니까, 조선 쪽에서 보자면 중국으로 들어서는 첫 관문이 되겠지.

「관내정사」는 바로 그 산해관 안에서의 일정을 따라 기록한 거야. 산해관에서 수도인 북경까지 가는 길의 기록이지. 이제 이 편을 통해 박지원이 얼마나 깊이 있는 생각을 하고, 또 왜 그렇게 글솜씨가 훌륭하다고들 하는지 살펴보도록 하자.

방 안 가득 시를 새겨 걸어 두었다. 과친왕(청나라 강희제의 열일곱째 아들), 아극돈(청나라 고종 때의 이름난 신하), 우민중(청나라 고종 때의 학자), 악이태(청나라 고종 때의 이름난 신하), 황제의 셋째 아들(이름은 홍시), 황제의 다섯째 아들(이름은 홍서) 등의 시다. 모두 청나라 태조의 조상이 모셔진 능이 있는 홍경으로 제사 지내러 가다가 이 집에 묵으면서 남기고 간 것들이다. 우민중과 아극돈은 모두 중국의 명필로 이름난 이들이지만, 과친왕에 비하자면 도리어 못한 편이었다.

침실 문설주 위에는 판서 윤순의 칠언절구 시를 새겨 걸었고, 문 밖 문설주 위에는 참판 조명채가 윤순의 시에 있는 운을 따다가 쓴 시를 새겨 걸었다. 윤순은 우리나라의 명필로, 점 하나 획 하나에 옛날의 서법과 서체 아닌 것이 없으며, 천부적인 재주에서 빚어내는 화려함과 아름다움이 구름 가듯 물 흐르듯 했으며, 먹의 짙음과 옅음, 획의 굵고 가늚이 적절히 섞여 조화를 이루었다. 그렇지만 여기 있는 글씨들에 비교하면 그만 못한 느낌이 드는 것은 왜일까?(「관내정사」 7월 25일)

박지원이 지금 들어간 곳은 마침 청나라 황실의 능으로 가는 길목에 있어서 제사를 지내러 가던 황족들이나 신하들이 그 집에 묵으면서 기념으로 글을 남겨 둔 게 있었어. 그런데, 박지원이 내린 평가를 보면 당시의 조선 사람들이 가지고 있던 생각과는 차이가 있어. 청나라는 만주족이 세운 나라였으니 그 황실 사람들은 당연히 만주족이었겠지. 만주족은 조선에서는 오랑캐로 멸시하곤 했으니 조선 사람들은 그런 사람들이 쓴 글씨 또한 무시하기 일쑤였을 거야. 그러나 박지원은 한족의 유명한 신하나 학자들보다도 만주족인 황제 아들의 글씨가 더 낫다고 했지. 곧이어 조선 사람들이 남긴 글씨 또한 나쁘지는 않아도, 중국 사람들의 솜씨보다는 못하다고 했어.

청나라는커녕 조선 일도 깜깜이라네

박지원은 각각의 글씨들의 우열을 가리는 데서만 그치지 않았어. 외형상으로 드러난 것만 가지고 모든 것을 판단할 수 없으니까 말이지. 박지원은 그것을 솜씨 차이라기보다는 여건의 차이 때문이라고 보았어. 우리나라 사람들은 글씨를 공부할 때 옛날의 중국 명필들이 썼던 서예 작품을 직접 보지 못해서 비석 같은 데 새겨진 금석문을 보고 공부했거든. 그것도 비석 위에 먹을 두드려서 찍어 낸 탁본이라는 걸로 했기 때문에 실제 글씨에 있는 복잡 미묘한 느낌이나 정신까지 담아낼 수는 없었어. 문제는 또 있었어.

그뿐만이 아니다. 종이와 붓도 중국 것과 아주 다르다. 조선의 닥나무로 만든 백추지나 족제비 털로 만든 낭모필은 예로부터 유명했지만, 중국에서는 외국산이라는 이유로 특별하게 쳐주는 것일 뿐 실제로는 글씨나 그림을 그리기에 적합한 것이 못 된다. 종이는 먹 색깔을 잘 받아 내고 붓 모양을 온전히 담아내는 것을

귀하게 쳐주지 단단하고 질겨서 잘 찢어지지 않는다고 좋게 쳐
줄 까닭이 없다.(「관내정사」 7월 25일)

우리나라에서 좋다고 하는 종이와 붓도 실상은 중국 것에 비해 질
이 떨어진다고 말하고 있어. 그렇기 때문에 글씨를 잘 쓰는 사람이더
라도 어느 정도 제약을 가질 수밖에 없었지. 종이가 질기기는 해도 너
무 뻣뻣해서 붓의 섬세한 놀림을 제대로 살려 주지 못하는 등의 문제
를 지적하면서, 무턱대고 조선 사람 글씨가 중국보다 낫다거나 못하
다고 하지도 않았고, 그 우열을 곧 재능이나 솜씨의 차이만으로 보지
도 않았지. 여러 가지 환경적 제약 등을 고려하여 객관적인 평가를 하
면 된다고 여겼던 거야.

지금도 우리나라 여행객들이 유럽 여행을 하면서 대리석 조각의
섬세함에 감탄하곤 하지만 그것이 단순히 솜씨만의 문제가 아니라
거기에 쓰인 석재의 특성과 연관될 거라고 생각하는 사람들은 그리
많지 않은 것 같아. 자칫하면 다른 나라 조각은 저렇게 섬세한 데 비
해 우리나라 조각가들의 솜씨가 못하다고 여기기 일쑤야. 더 심각한
것은 평소에 우리 것에 아무 관심이 없이 그저 제멋대로 생각한다
는 거지.

소주 사람 호응권이 화첩 하나를 가지고 왔다. 그 표지는 초서

모르는 것은 배우면 그만이지만,
거짓과 편견에 사로잡히면 답도 없다.

로 어지러이 쓰여 있었고 먹물 딱지가 너덜너덜하고 지저분해
한 푼어치도 못 될 성싶었다. 그러나 호생(호웅권)이 그것을 대하
는 태도를 보면 세상에 둘도 없는 보물이라도 되는 듯이 꿇어앉
아 두 손으로 정성스레 받쳐 들고 화첩을 열고 닫기를 조심스럽
게 한다.

정 진사는 눈을 게슴츠레하게 뜨고는 두 손으로 화첩을 쥐고
바람처럼 빠르게 쓱 훑어보았다. 호생은 얼굴을 찡그리며 영 못
마땅한 표정을 지었다. 정 진사가 화첩을 다 본 후, 땅바닥에 집
어 던지며 말했다.

"'겸재'나 '현재'가 모두 되놈들의 호로군."

내가 웃으면서 말했다.

"이런 그림을 아직 못 본 게야."(「관내정사」 7월 25일)

겸재(謙齋)는 정선(鄭歚, 1676~1759)의 호이고, 현재(玄齋)는 심사정(沈師正, 1707~1769)의 호로, 정선이나 심사정은 모두 조선의 유명한 화가들이야. 중국 사람은 그 그림의 진가를 알아보고 애지중지했어. 그러나 정작 조신 사람은 화가가 누구인지도 모른 채 그저 '되놈'이겠거니 여기며 부시하고 있어. 우선, 그림을 많이 보지 않아서 보고도 누구의 작품인지도 모른다는 게 문제이겠지만, 설사 '되놈'의 것이라 하더라도 좋은 작품은 좋다고 할 수 있어야 하는데 아예 보지도 않고 치워 버리는 경솔함을 보인 거야.

현기야, 이 「관내정사」는 되는 대로 아무 이야기나 하는 것 같지만, 가만 보면 일관된 흐름이 있어. 너도 파악했겠지만 국경을 들어서면서 그곳 사람들과 문물들을 접하면서 함께 갔던 조선 사람들의 행동을 살펴본 거지. 그랬더니 어딘가 좀 모순되는 일들이 드러났어. 청나라는 실제로 힘도 세고 문명도 발달했는데 조선 사람들은 오랑캐가 세운 나라라며 무시하기 일쑤이고, 그러면서도 조선 문화에 대해서도 자세히 몰랐지. 윗사람들은 맛있는 음식이나 탐내며 아랫사람들을 힘들게 했고, 아랫사람들은 아랫사람들대로 청나라에서 고생하고 있는 조선 동포들을 업신여기며 괴롭혔고 말이야.

호랑이도 무서워 떠는 것

「관내정사」에서는 그런 일들이 쭉 이어지다가 난데없이 〈호질(虎叱)〉이라는 작품이 나와. '호랑이의 꾸중'이라는 뜻인데, 이 작품이 나오는 과정이 신기해. 박지원이 중국의 어느 가게에 들어갔더니 사방 벽에 좋은 글씨와 그림 등이 걸려 있는데, 웬 이상한 글이 족자 같은 데 빼곡하게 적혀 있는 거야. 그래서 주인에게 그 글이 어디서 난 것이냐고 물었더니 예전에 사 온 것인데 누구의 글인지는 모른다는 거야. 표면상으로는 분명히 남의 글이지. 그러나 가만 보면 이 글은 박지원이 지어낸 것으로 보여.

이 글에는 당대의 선비들에 대한 비판이 심하게 드러나서 자신이 썼다고 하면 나중에 문제가 일어나고 책임을 져야 할 테니까 슬쩍 그렇게 얻은 글이라고 흘려 둔 것일 거야. 실제로 〈호질〉은 〈양반전〉, 〈허생전〉과 함께 박지원의 대표 작품으로 꼽히고 있어. 어떻게 시작하는지 볼까?

호랑이란 영특하고 성스러우며, 문과 무를 겸하고, 자애롭고 효성스러우며, 지혜롭고 어질며, 호걸스럽고 용맹하며, 씩씩하고 날래서 천하에 적수가 없다. 그러나 비위라는 짐승도 호랑이를 잡아먹고, 죽우라는 짐승도 호랑이를 잡아먹으며, 박이라는 짐승도 호랑이를 잡아먹고, 오색사자도 큰 나무 구멍에 숨었다가 호랑이를 잡아먹으며, 자백이란 짐승도 호랑이를 잡아먹고, 표견이란 짐승도 호랑이를 날아서 잡아먹으며….(「관내정사」〈호질〉)

작품의 시작이 아주 이상하지? 맨 처음에는 호랑이가 얼마나 대단한 짐승인가에 대해 써 내려가지. 좋은 말만 다 갖다 붙인 것처럼 보일 정도로 호의적이야. 이런 짐승이라면 세상 어떤 짐승도 그를 이겨 낼 수 없을 것 같지. 그런데 곧바로 온갖 해괴한 짐승들이 호랑이를 잡아먹는다고 했어. 그런 짐승들 앞에서는 호랑이도 한갓 먹잇감에 지나지 않는다는 거지. 물론, 이런 동물들은 실제로 존재하지 않는 전설상의 동물들이지만, 세상에 아무리 센 짐승이 있다고 해도 그 짐승보다도 센 짐승이 있음을 알아야 한다는 것을 강조하는 것 같아.

뒤이어 '맹용'이라는 짐승을 언급하는데, 호랑이가 이 짐승을 만나면 눈을 감고 감히 처다보지도 못한다고 했어. 신기한 일은 사람들은 맹용을 무서워하지 않고 호랑이만 무서워한다는 거야. 박지원은 그런 이야기들을 계속 써 내려가면서 사람들이 갖고 있는 편견에 대해 말하고 있어. 당장 눈에 보이는 것에만 잡혀 있어서, 공연히 벌벌 떨거나 정작 무서운 대상에 대해서는 태평하게 지나치기도 한다는 거지.

중국을 오랫동안 지배했던 한족과, 한족을 굴복시킨 만주족, 그리고 그 사이에 끼어 있는 조선을 생각해 보면 박지원이 이런 이야기를 왜 썼는지 알 수 있어. 조선은 한족이 세운 명나라를 섬겨야 한다는 생각이 강했고, 만주족이 세운 청나라에 대해서는 오랑캐 나라라며 무시하는 게 일반적이었지. 그러나 정작 그 대단하다는 한족 역시 오랑캐라고 불리던 여러 종족들 앞에서 무기력했어. 또, 그 한족을 제압하고 세워진 청나라 또한 주변의 다른 여러 종족의 침입 때문에 골머리를 앓았고 말이지. 그런데도 여전히 무서워하는 쪽은 어느 한쪽뿐이라면 실상을 제대로 파악하지 못하고 있는 거잖아? 박지원은 호랑이 이야기를 통해 그런 사실을 은근하게 비판하고 있는 것 같아.

호랑이가 사람을 잡아먹으면

그런데 현기야, 좀 이상하지 않니? 제목이 '호질'이기는 해도 무슨 동물 우화도 아닌데 계속 호랑이 이야기만 하는 게 그렇잖아. 아닌 게 아니라 이제 사람 이야기가 나오는구나.

호랑이가 개를 잡아먹으면 취하고 사람을 잡아먹으면 신통하게 된다. 호랑이가 한 번 사람을 잡아먹으면 그 창귀(호랑이에게 잡아먹힌 사람의 귀신)가 굴각(창귀 이름)이 되어 호랑이의 겨드랑이에 붙어살면서, 호랑이를 부엌으로 이끌어 솥 가장자리를 핥게 한다. 그러면 집주인이 갑자기 허기져서 한밤중이라도 아내더러 밥을 지으라 하게 된다.

두 번 사람을 잡아먹으면 이올이 되어 호랑이의 볼에 붙어살며 높은 곳에 올라가서 사냥꾼의 행동을 살핀다. 만약 깊은 골짜기에 함정이 있으면 먼저 가서 그 틀을 벗겨 놓는다. 호랑이가 세 번 사람을 잡아먹으면 그 창귀는 육혼이 되어 호랑이의 턱에 붙어살면서 자기가 평소에 알던 친구들 이름을 자꾸만 불러 댄다.(「관내정사」〈호질〉)

첫 문장을 보자. 호랑이가 사람을 잡아먹으면 신통(神通)하게 된다고 하는구나. '신(神)'이란 게 뭐야? 막힘없이 두루 보고 두루 아는 초월적인 존재란 말이야. 여기서는 호랑이가 사람을 잡아먹어서 신통하게 되는 게 아니라 사실은 사람이 도와준 덕분에 그리된다는 게 중요해. 호랑이에게 잡아먹혀서 원통할 텐데도 어찌 된 것이, 잡아먹힌 후 도리어 호랑이 곁에 바싹 붙어서 다른 사람들을 더 많이 잡아먹도록 앞잡이 노릇을 한다는 거야.

여기서 호랑이가 사람을 잡아먹는 세 단계가 나오는데, 그 첫 단계는 몰래 남의 집 부엌에 들어가서 슬쩍 유인해서 먹는 거야. 당연히 그 피해는 한 사람에 그치겠지. 그런데 둘째 단계로 가면 사냥꾼이 호랑이를 잡을 수 없도록 훼방을 놓고 있어. 가만 두면 사냥꾼이 잡아서 호랑이에게 먹히는 일이 아주 없도록 할 텐데, 사람이 스스로 나서서 저 같은 피해자를 양산하는 거지. 셋째 단계로 가면 더욱 심각해. 자신이 알고 있는 사람들 이름을 불러 대서 친구들까지 호랑이 먹이를 만드는 거야. 참 악랄하지.

현기는 똑똑하니까, 이 정도면 대충 그림이 그려지지? 대체 무얼 말하려고 이렇게 복잡한 이야기를 늘어놓는지 말이야. 잘 모르겠다고? 그러면 그 뒤를 더 읽어 보면 돼.

고기 맛으로는 선비가 최고라고?

어쨌거나, 호랑이가 배가 고파 무언가를 잡아먹으러 길을 나서는데, 좋은 먹잇감으로 고르게 된 게 바로 선비였어. 아무래도 선비는 깨끗할 테니까 좋은 고기라고 생각했겠지.

하루는 호랑이가 창귀들을 모아 놓고 분부했다.
"오늘도 벌써 날이 기우는데 어디서 먹을 걸 구해야겠느냐?"
굴각이 말했다.
"제가 미리 점을 쳤습죠. 그랬더니 뿔이 있는 것도 아니며 날

짐승도 아닌, 검은 머리에다, 눈밭 위 발자국이 비틀비틀하고, 느릿한 걸음으로 뒤통수에 꼬리가 붙어 꽁무니도 못 감추는 그런 놈이라고 나옵니다.”

그리자 이올이 말했다.

“서 동문(東門)에 먹을 것이 있습니다. 그 이름은 ‘의원(醫員)’입니다. 그 자는 입에 온갖 풀을 머금어서 살코기가 향기롭습니다. 서문(西門)에도 먹을 것이 있는데, 그 이름은 ‘무당(巫堂)’입니다. 그 자는 온갖 귀신들에게 아첨하느라 날마다 목욕재계해서 고기가 깨끗합니다. 그러니 이 둘 중에 마음대로 골라 잡수십시오.”

호랑이는 수염을 쓸어 올리며 낯빛을 붉혔다.

“아서라. ‘의(醫)’란 것은 ‘의(疑: 의심한다)’일 터, 저도 의심나는 것을 사람들에게 시험하느라 해마다 남의 명줄을 끊어놓은 게 몇 만이나 되고, ‘무(巫)’란 ‘무(誣 : 속인다)’일 터, 귀신을 속이고 백성들을 현혹시켜 해마다 남의 명줄을 끊어 놓은 게 몇 만이나 된다. 그래서 사람들의 분노가 뼛속 깊이 스며 금잠(金蠶 : 금빛 나는 누에. 그 똥에 독성이 있다.)이 되었다. 독이 있어 먹을 수 없다.”

그러자 육혼도 나섰다.

“저 숲속(유교를 공부하는 선비를 흔히 ‘선비의 숲’이라는 뜻의 ‘유림(儒林)’으로 부르는 데서 따온 말)에 어떤 살코기가 있습니다. 어진 심장과 의로운 쓸개, 충성스러운 마음을 지녔으며, 깨끗한 지조가 있고, 악(樂)을 머리 위에 이고 있으며 예(禮)를 신처럼 신고 다닌다 합니다. 게다가 입으로 세상 모든 대가들의 말을 줄줄이 외며, 마음속으로 세상만사의 이치에 달통했습니다. 그 이름은 '석덕지유(碩德之儒, 큰 덕을 지닌 선비)'인데, 등살이 불룩하고 몸이 기름져서 다섯 가지 맛을 갖추었답니다."(「관내정사」〈호질〉)

앞서 본 대로, 굴각, 이올, 육혼 등은 호랑이에게 잡아먹힌 사람들이 죽어서 된 귀신이야. 호랑이에게 먹힌 후 죽어서도 호랑이한테 바싹 붙어 아부를 하기에 바쁜 존재들이지. 그런데 그들이 추천한 먹잇감은 다들 사람이었어. 굴각이 먹잇감을 묘사한 대목을 보면 그대로 사람의 특성이잖아. 청나라 사람들은 '변발'이란 걸 했는데, 뒤통수의 머리를 땋아서 길게 늘이고 다니는 모습까지 생생하게 그려놓고 있어.

그 다음으로 이올이 나서서 의원과 무당을 추천하지. 의원과 무당은 본래 병자를 고치는 등의 특별한 일을 하는 사람들이야. 그런데 호랑이는 도리어 거꾸로 말해. 병을 고친다고 하면서 죽인 사람들이 너무 많다는 거지. 한자의 음이 같은 다른 글자를 끌어다가 말장난을 하면서까지 그들은 좋은 사람이 아니라고 했어. 그래서 마지막으로 남은 게 바로 선비였지. 육혼이 말하는 내용대로라면 선비보다 고결한 존재는 아마 없을 거야. 그러나 호랑이의 판단은 아주 달랐어.

그러자 호랑이는 눈썹을 세우며 침을 흘리고는 하늘을 쳐다보며 싱긋 웃었다.

"짐이 이를 좀 상세히 듣고자 한다."

모든 창귀들은 앞다투어 범에게 추천했다.

"한 번 음(陰)하고, 한 번 양(陽)하는 것을 '도(道)'라고 하는데, 저 선비가 이 이치를 꿰뚫었습니다. 금(金, 쇠), 목(木, 나무), 수(水, 물), 화(火, 불), 토(土, 흙)의 오행(五行)이 운행하여 서로 낳고 육기(六氣, 음, 양, 비, 바람, 밝음, 어둠의 여섯 가지 기운)를 서로 이끌어 주는데, 저 선비가 이를 조화시켜 줍니다. 그러니 잡수시기에 이보다 맛있는 게 없을 것입니다."

그러나 범은 이 말을 듣자 언짢은 기색으로 못마땅하게 말했다.

"아니다. 저 음(陰)과 양(陽)이란 것은 본래 하나의 기운에서 났다 사라지는 데 불과하다. 그런데 저들이 그것을 둘로 나누었으니 그 고기가 잡될 것이다. 또, 오행은 각기 저마다의 자리가 있을 뿐 서로 낳는 것이 아니다. 그런데 저들은 굳이 거기에 어떤 것은 아들처럼, 또 어떤 것은 어미처럼 갈라 보고, 심지어는 짠맛이나 신맛에까지 오행을 분배해 놓았으니 그 맛이 순하지 못할 것이다. 또 육기란 제각기 행하는 것이어서 남이 이끌어 주는 것을 기다릴 필요가 없는데 이제 저들이 남는 것을 덜어 내느니, 부족한 것을 메꾸어 주느니 하며 망령되게 일컬으며 제 공이나

세우려 한다. 그러니 그것을 먹으면 딱딱하여 체하거나 구역질
이 나지 않겠느냐.〞(「관내정사」〈호질〉)

호랑이는 이미 앞에서도 의원과 무당의 고기를 먹을 수 없다고
말했지만, 이 선비에 대한 평가는 아주 길고도 자세해. 여기가 바로
핵심이란 말이지. 호랑이에 따르자면, 선비들은 말끝마다 음양, 오
행, 육기 등을 들먹이며 세상 이치를 달통한 듯 뽐내지만 그 실속은
하나도 없는 거야. 도리어 하나로 있는 것을 공연히 둘로 나누어 놓
아 잡스럽고, 세상 모든 것을 다 오행으로 분류하느라 맛까지도 나
누어 두었으니 진짜 좋은 맛은 아닐 거라는 거야. 나아가, 이쪽이 남
고 저쪽이 부족하다는 식으로 말하면서 마치 자신들이 나서서 정리
하면 세상이 조화롭게 되기라도 하는 듯 거들먹거리는 게 영 마땅
치 못하다고 했어.

재미있는 것은 엄격한 신분 사회인 조선에서 의원은 중인이고, 무
당은 천민이며, 선비는 양반이었으니 선비가 가장 높은 신분이었는
데, 못되기로는 최고라는 거야. 병을 고친다는 의원은 저도 믿지 못
하는 것을 행하여 사람을 죽이고, 무당은 허황된 것으로 사람을 속
이듯, 선비들은 자기들이 세상 이치를 다 안다는 듯이 오만하게 휘
젓고 다니지만 결국 자기 이익이나 챙길 뿐이라는 거지. 오죽하면
선비의 고기를 먹었다가는 가슴에 걸려 체하고 목구멍을 못 넘기고

구역질이 난다고 했겠어.

똥통에 빠진 북곽 선생, 아첨하는 것 좀 보게!

어느 마을에 덕이 많기로 소문난 북곽 선생이라는 선비가 살았어. 공부를 많이 해서 교열을 한 책만 해도 만 권이나 되고, 지은 책이 1만 5천 권이나 된다는 대단한 인물이었어. 그렇게 고결해 보이는 인물이 사실은 이웃 마을의 과부와 몰래 만나고 있었던 거야. 그 과부 또한 성이 다른 아들이 다섯이나 될 만큼 행실이 좋질 못했는데도 수절하는 것으로 명성을 날렸다니 아주 심한 풍자야.

어느 날, 북곽 선생과 과부가 밤에 한 방에 같이 있는데 그만 자식들이 눈치채고 말았어. 그들은 북곽 선생이 그런 부도덕한 일을 할리가 없으니 아마도 여우가 변신한 게 아니겠냐고 하면서 방으로

들이닥쳤어. 북곽 선생은 깜짝 놀라서 달아나다가 그만 똥통에 빠지고 말았어. 바로 그때 공교롭게도 호랑이와 딱 마주친 거야.

호랑이는 얼굴을 찡그린 채 구역질을 하며 코를 쥐고는 고개를 돌리면서 한숨을 쉬었어.

"이놈의 선비, 아이고 구려라!"

북곽 선생은 머리를 조아리며 엉금엉금 기어 호랑이 앞으로 나와서는 호랑이에게 절을 세 번 하고 꿇어앉으며 고개를 들어 말했다.

"호랑이님의 덕이야말로 참으로 지극합니다. 대인은 그 재빨리 변화하는 능력을 본받고, 황제와 왕들은 그 걸음걸이를 배우며, 사람의 자식 된 자들은 그 효성스러움을 법도로 삼고, 장수들은 그 위엄을 취해 행동합니다. 호랑이님의 명성은 신령스러운 용님과 한 짝이 되니, 한 분은 바람을 일으키시고 또 한 분은 비를 일으키십니다. 저 같은 아래 땅에 사는 천한 몸은 호랑이님의 아래에 있고자 합니다."

그러자 호랑이가 꾸짖었다.

"아서라, 이리로 가까이 오지 말라. 내가 전에 들어 보니, '선비 유(儒)' 자라는 게 '아첨할 유(諛)' 자와 통한다고 하더니만, 정말 그렇구나. 네가 언젠가는 온 세상의 나쁜 이름들은 죄다 끌어다 내게 멋대로 붙여 놓더니만 오늘은 다급한 김에 낯간지럽게 아부하는 말을 누가 곧이듣겠느냐? 천하의 이치는 하나이니, 호랑이의 성품이 몹쓸 것이라면 사람의 성품도 그럴 것이고, 사람의 성품이 착하다면 호랑이의 성품도 착할 것이다."(「관내성사」 〈호질〉)

북곽 선생이 얼마나 간사하니? 못된 일을 몰래 하다가, 호랑이를 만나서는 살아 보겠다고 굽신거리며 아부하고 있잖아. 호랑이는 그 속을 다 꿰뚫어 보고, 이 선비가 얼마나 큰 모순 덩어리인지를 하나하나 폭로하고 있어. 여기서는 이렇게, 저기서는 저렇게 자기들 편할 대로 살면서도, 자신은 무슨 대단한 원칙과 기준에 따라 제대로 살아가는 줄 착각하고 으스대는 인간의 행태를 북곽 선생을 빗대어 비판한 거야.

가만 생각해 보면 우리도 그런 착각 속에서 벗어나지 못하는 때가 많아. 예를 들면 이런 생각들 말이야. "나는 착한데 너는 악하고, 한번 착한 것은 영원히 착하고 한번 악한 것은 영원히 악하며, 여기에서 이기는 것은 저기에서도 이기고, 높은 사람들은 도덕심도 높고 낮은 사람들은 도덕심도 낮고⋯." 그런데 여러 사람들을 만나고 경험하다 보면 그런 생각이 선입견이고 착각이라는 걸 알게 돼. 특히 내가 사는 환경이나 사회와 아주 다른 곳에서 보면 더욱 그래.

현기는 여러 나라를 여행하며 이미 느꼈겠지만, 고정 관념을 깨는 것이 여행이 주는 큰 선물 가운데 하나일 거야. 그러니 더 다양한 선물, 더 큰 선물을 원하거든 기회 있을 때마다 많이많이 여행을 해 두렴.

우리 전통 문화에서 다뤄진 호랑이

우리 문화에서 호랑이는 긍정적인 동물로 등장하기도 하고 부정적인 동물로 등장하기도 합니다. 이는 우리나라뿐만 아니라 전 세계적으로도 마찬가지인데요, 호랑이는 특히 크고 무서운 동물이어서 한편으로는 신앙의 대상이면서 또 한편으로는 공포의 대상이기 때문입니다.

먼저, 긍정적인 동물로 드러나는 경우, 흔히 호랑이는 산의 임금이라는 뜻에서 '산군(山君)'으로 칭할 만큼 힘이 있고 영험한 존재로 인식됩니다. 어떤 사람이 산속에서 호랑이를 만나 목에 걸린 비녀를 빼 준 이야기는 매우 유명합니다. 그러자 호랑이가 그 사람을 등에 태우고 어디론가 데려갔는데 거기가 천하의 명당자리였다고 하지요. 그 사람이 거기에 조상의 묘를 쓴 후로는 후손들이 대대손손 잘되었다고 합니다. 또, 고려 태조의 5대조인 호경이 사람들과 매사냥을 나갔다가 밤이 늦어 어느 동굴에 묵었는데, 동굴 밖에 난데없는 호랑이가 나타났답니다. 사람들은 겁이 나서 각자의 갓을 벗어 던져 호랑이가 무는 갓의 임자가 굴

밖으로 나가기로 했는데 호경이 걸리고 말았습니다. 호경이 동굴 밖으로 나가자 그만 동굴이 무너져 내렸고 그 덕분에 호경만 목숨을 구했다는 이야기가 전해집니다.

그러나 부정적인 동물로 드러나는 경우 또한 적지 않습니다. 〈단군 신화〉에 등장하는 호랑이는 참을성이 없어서 인간이 되는 데 실패하고 맙니다. 또, 탐욕스러워서 공포의 대상이 되는 이야기도 있는데요, 어떤 호랑이는 떡장수 뒤를 쫓으며 "떡 하나 주면 안 잡아먹지."라고 하면서 결국은 떡이 다 떨어지자 그 떡장수까지 잡아먹습니다. 그러고는 떡을 팔러 나간 엄마를 기다리는 남매까지 마저 잡아먹으러 그 집으로 찾아가서 나무 위로 도망간 남매를 뒤쫓습니다. 그런가 하면 호랑이가 인가에 왔다가 "호랑이가 온다."는 말에도 울어 대던 아이가 "곶감."이라는 말에 울음을 뚝 그치자 줄행랑을 치기도 하는 등 매우 어리석은 동물로 그려지기도 합니다.

박지원이 굳이 호랑이라는 동물을 택해서 〈호질〉을 쓴 것이 조금 이해가 됩니다. 한없이 무섭게만 생각되는 호랑이지만 따스함도 있고, 때로는 어리석기까지 하니까요. 그러나 그런 호랑이 눈에 비친 사람들 모습은 딱하기만 했으니 원.

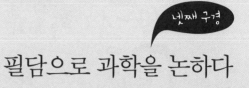

넷째 구경

필담으로 과학을 논하다

중국인과의 의사소통

박지원은 중국에 있는 동안 많은 학자들과 이야기 나누는 걸 좋아했어. 중국어는 못해도, 글을 잘 쓰는 사람이니까 한문으로 써서 의견을 나누었지. 그런 것을 붓으로 나누는 이야기라는 뜻에서 '필담(筆談)'이라고 하는데, 『열하일기』에는 많은 필담이 등장해. 그중에는 아예 편의 제목을 '-필담'으로 달아 놓은 것이 있을 정도야. 「곡정필담」이 그 예인데, 곡정은 중국의 왕민호라는 학자의 호니까 이 편은 곧 왕민호와 나눈 필담이 되겠지. 박지원과 왕민호는 죽이 잘 맞았나 봐. 새벽녘 해 뜨기 전부터 시작해서 저녁이 될 때까지 무려 열여섯 시간가량 글을 주고받으며 의견을 나누었지.

그런데 하루 종일 필담을 나누었다는 사실보다 더 놀라운 일은 그 내용이야. 박지원은 조선 최고의 문장가였는데 두 사람이 주고받은 내용은 바로 과학이었어. 한번 볼래?

내가 물었다.

"낮에는 만물이 환하다가 밤이 되면 어둡게 되는 것은 무슨 까닭입니까?"

곡정이 대답했다.

"그거야 햇빛을 받아서 밝은 것이지요."

내가 말했다.

"만물이 그 자체로는 밝음이 없는 것으로 보면, 그 본래의 성질은 어둡지 않은 게 없습니다. 비유해 말하자면, 빛이 없는 캄캄한 밤에 거울을 보면 그저 목석과 다를 게 없습니다. 거울이 빛을 반사하는 성질을 가지고 있다고는 해도 저절로 빛을 내서 밝게 만드는 바탕을 갖추지는 못한 것이지요. 햇빛을 쏘인 후에야 빛을 내서 그 반사되는 곳에 밝음이 생기는 것인데, 물이 밝은 것도 이런 이치겠습니다. 지금 지구 표면을 둘러싼 바다 또한 비유해 말하자면 큰 유리 거울 같은 것입니다.

만약 달 세계에서 이 지구를 바라본다면 달이 초승달, 보름달, 그믐달 등등의 각기 다른 모양으로 보이듯 지구의 모양 또한 다르게 보일 것입니다. 또, 지구에서 해를 마주보는 곳에는 큰 물과 큰 땅덩이가 서로 잠기며 비쳐 그 빛을 반사하는 곳에 번갈아 밝았다 어두워졌다 하는 것이 저 달빛이 이 땅 위에 골고루 비치는 것과 같을 겁니다. 또 햇빛을 못 받는 곳은 저절로 검어서 초승달 뜨기 전에 달이 컴컴하게 보이듯 땅 표면이 두터운 곳은 필시 달 속 그림자처럼 보일 것입니다."(「곡정필담」)

미국의 아폴로 호가 제일 처음 찍어서 보낸 지구의 모양을 생각해 보렴. 꼭 반달 모양이었잖아. 인터넷으로 검색해 보면 달에서 본 지구의 모습을 찍은 사진을 여러 장 볼 수 있는데, 박지원이 말한 것과 거의 일치해. 다만, 지구가 달보다 훨씬 커서 지구에서 달을 볼 때보다 훨씬 크게 보이고, 대륙이나 바다의 모습까지도 어느 정도 볼 수 있어. 바다가 큰 유리 거울 같다는 박지원의 말이 맞는 거지.

박지원이 살던 시대에는 달나라에 간다는 것은 꿈도 꾸지 못했어. 달에는 옥토끼가 살고 있다는 전설이 전해졌고, '광한전(廣寒殿)'이라는 궁궐이 달에 있었다고도 했어. 중국의 무인 달 탐사 차량 이름이 '옥토끼'인 것도 그런 이야기에서 나온 거야. 그 시절의 사람들이 달을 지구와는 전혀 다른 신비한 곳이라고 여길 때 박지원은 앞서 본 것과 같은 과학적인 추론을 했어. 물론, 박지원 이전에 홍대용 같은 사람들이 중국에 다녀왔고 거기에서 서양의 과학 지식을 들여온 데 영향을 받은 것이지만, 그 당시에 저런 생각을 해냈다는 것은 대단한 일이야. 지구에서 달을 보나, 달에서 지구를 보나 마찬가지일 것이라고 함으로써 어느 한 곳이 중심이고 나머지가 주변이 된다는 고정관념을 깨뜨리고 있으니까.

지구가 둥글다는 것을 알게 되면

그런데 '중심'이 왜 그렇게 중요할까? 원을 한번 생각해 보면 중심점이 있고 그 주변에 똑같은 길이의 선이 있지. 그 선들이 모인 게 바로 원이잖아. 자동차 바퀴는 중심축을 그대로 놓고 바퀴 바깥을 돌려서 움직이지. 그렇게 중심은 움직이지 않는 고정불변의 어떤 것이라고 생각하기 마련이거든. 그러니 지구가 중심이라는 생각에서 벗어나기만 하면 지구가 움직이지 않는다는 생각에서도 벗어날 수 있겠지.

곡정이 말했다.

"우리 유학자들 중에도 근래에 이르러 땅덩이가 둥글다는 학설을 믿는 이들이 제법 있습니다. 땅은 모나고 정적이며, 하늘은 둥글고 동적이라는 것은 유가의 버팀목이 되는 것인데, 서양인들이 혼란 속으로 몰아넣고 있습니다. 선생님께서는 어떤 학설을 따르시렵니까?"

내가 물었다.

"선생님께서는 무얼 믿으십니까?"

곡정이 대답했다.

"제가 천지사방을 어루만져 볼 수는 없더라도 땅덩이가 둥글다는 쪽을 제법 믿습니다."

내가 말했다.

"하늘이 만들어 낸 물건 가운데 모난 것이 없습니다. 모기 다리나 누에 꽁무니, 빗방울과 눈물조차도 둥글지 않은 게 없지요. 지금 저 산하와 대지, 해와 달과 별들이 모두 하늘이 만들어 낸 물건인데 아직 모난 별은 보지 못했으니 이로써 땅덩이가 둥글다는 데 대해 의심할 여지가 없겠습니다. 제가 아직 서양인의 저술을 읽어 보지는 못했지만 오래전부터 땅덩이가 둥글다는 데 대해 의심할 게 없다 여겨 왔습니다. 지구란 것은 그 모양은 둥글지만 그 덕은 반듯하며, 일을 이루어 낸 공로는 동적이지만 그 안에 담긴 본성은 정적이지요. 만약 하늘 한가운데 지구를 가만 있게 하여 움직이지도 돌지도 못하게 매달아 두기만 한다면, 이내 물을 썩히고 흙을 죽여서 바로 소멸해 버릴 테니, 어떻게 오래도록 멈추어 서 있으면서 숱한 물건들을 실어 낼 수 있으며, 큰 강물들을 담고서 쏟지 않을 수 있겠습니까?"(「곡정필담」)

혹시 '천원지방(天圓地方)'이라는 말을 들어 보았니? "하늘은 둥글고 땅은 모가 났다."는 말이야. 그 말처럼, 중국과 한국 등 동양에서는 하늘은 동그랗고 땅은 네모나다는 생각이 지배적이었어. 이런 생각은 하늘에 떠 있는 해와 달, 별들이 모두 동그란 데 비해서 땅은 평평하기 때문에 생겨난 것으로 보여. 이렇게 생각한 사람들은, 땅은 네모난 평면이어서 계속 가다 보면 언젠가 끝이 나고 낭떠러지 같은 데로 떨어진다고 믿었지. 그러나 서양의 과학이 발달하면서 지구가 둥글다는 사실은 박지원 당시에 이미 입증이 되었고, 박지원은 그러한 지식을 적극적으로 받아들인 거야.

그런데 하늘은 둥글고 땅은 네모나다는 생각이 왜 문제가 될까? 그것이 단순히 하늘이나 땅이라는 물리적인 실체를 파악하는 데서 그치지 않기 때문이야. 동그란 것은 중심점에서 똑같은 거리에 있는 선들이 이어진 것이어서, 어디가 시작이고 어디가 끝인지 알 수 없단 말이야. 그러나 네모처럼 모가 난 것들은 꼭짓점이 있고 변이 있잖아. 한 꼭짓점에서 시작하여 다른 꼭짓점으로 가게 되어 있지. 이렇게 보면, 하늘이 둥글고 땅은 네모나다는 생각은 결국 하늘은 영원하고 평등하게 작용하는데 땅은 그렇지 못하다는 뜻이기도 해.

이런 생각을 계속 넓혀 나가다 보면 하늘이 땅보다 높고, 하늘이 땅보다 크고, 하늘은 영원하고 땅은 끝이 있고, 하늘이 중심이라면 땅은 주변이고…, 이런 식의 구분과 차등이 일어나게 되지. 박지원은 바로 그런 생각을 정면으로 받아친 거야. 지구가 둥글다고 생각함으로써, 땅이 붙박이로 고정되어 있는 것이 아니라 움직이며, 그렇게 쉼 없이 움직임으로써 만물이 제대로 존재하는 거라고 생각을 키우고 있잖아. 박지원이 예를 든 물만 봐도 그래. 어떤 물이든 고이는 순간, 썩게 되어 있거든. 상하지 않으려면 끝없이 움직여야만 해. 그것이 자연의 원리라는 거야.

과학을 넘어 서양의 문화까지

자, 이렇게 해서 박지원의 생각은, 지구 또한 여느 천체처럼 동그랗고 또 움직이는 것이니, 지구도 결국은 많은 천체들 중 하나일 뿐이라는 데 미치게 되지. 이제, 그 이전까지의 세상이 송두리째 바뀌게 돼. 물론, 현대의 과학 교육을 받은 너로서는, 박지원의 주장에도 황당한 내용이 있다고 여겨지겠지만, 그것은 어쩔 수 없는 시대적인 한계이고, 여기서는 박지원이 가진 시야가 중요해.

스케일이 그렇게 커지다 보면, 중국과 우리나라로만 시야가 좁혀질 수는 없어. 그 당시에 이미 청나라와 유럽의 교류가 적지 않았고, 박지원 또한 그런 말들을 이미 많이 들어서 알고 있었지. 너도 가 본 적이 있는 북경의 옛 관상대는 천문 관측을 하던 곳이야. 당시에는 이미 과학 지식을 갖춘 서양 선교사들이 많이 들어와서 새로운 과학을 전파한 뒤였거든. 그러니 당연히 서양에 대한 관심도 컸지. 홍대용 같은 사람은 직접 서양 학자들을 만나서 필담을 주고받기도 했으니 서양의 문화와 문명 또한 박지원 같은 지식인에게는 낯설지 않았던 거야.

중국이 중심이라고?

그 이야기들을 다 옮길 수는 없고, 곡정의 입을 통해 기독교가 어떻게 그려지고 있는지 살펴보자.

곡정이 말했다.

"옛날에 혼천의(渾天儀, 천체의 운행을 관측하던 기계)에 정통한 사람으로는 낙하굉과 장평자 외에도 채옹과 오나라의 왕번이 있었습니다. 또 유요가 세운 전조의 광초 연간에 살았던 공정과 위나라의 태사령 조숭 등이 모두 혼천의의 옛 법식을 터득했습니다. 송나라의 원우 연간에는 소자용이 책임자가 되어 옛날 기계를 참고하여 수년 만에 성공하였습니다. 그러나 서양 학술이 중국에 들어오자 저 기계들은 아무짝에 쓸모없는 반편이가 되어 학술이 비천하고 가소로운 게 되고 말았습니다.

저 이른바 '야소(耶蘇, 예수)'는 중국어로 현인을 '군자'라 하고 티베트 풍속에 승려를 '라마'라 하는 것과 마찬가지입니다. 야소는 마음을 다해 하느님을 공경하여 사방팔방에 교리를 세웠지만, 나이 서른에 극형을 당했습니다. 그래서 국민들이 슬퍼하고 그를 추모하여 '야소회'를 설립하여 그의 신을 '친주'로 받들었습니다. 그 종교에 들어간 사람들은 반드시 눈물을 지으며 비통해하고 천주를 잊지 않는다고 합니다.

이들은 어릴 때부터 네 가지 맹세를 합니다. 첫째, 여색에 대한 생각을 끊고, 둘째, 벼슬 생각을 버리며, 셋째, 팔방을 돌며 선교하되 고국으로 되돌아오길 원하지 않고, 넷째, 헛된 명예에 미련을 두지 않는다는 겁니다. 그들은 비록 부처를 배격하지만 다음 생에 다시 태어나는 윤회 사상만은 독실하게 믿습니다."(「곡정필담」)

중국의 전통 과학이 서양 과학에 의해 맥없이 뒷전으로 밀려나는 과정이 잘 그려져 있지. 서쪽의 오랑캐로 치부하던 사람들이 놀라운 문명을 일구어 낸 걸 알았고, 거기에다 예수를 믿는 기독교 신앙에 대해서도 잘 설명되고 있어. 유교와 불교 등과 비교해서 무엇이 같고 다른지, 또 기독교 신부들이 자신의 신앙을 어떻게 확산시켜 나가는지 조목조목 드러나지. 박지원은 이런 사람들의 발언을 주의 깊게 듣고 또 적어 가며, 서양 문명을 막연히 두려워하거나 깎아내리지 않고 합리적이며 객관적으로 이해하려고 하는 거야.

그렇다면, 박지원은 왜 이런 생각에 골몰했을까? 현실적인 힘을 생각한다면 청나라가 세상의 중심이고, 그 청나라를 호령하는 만주족이 권력의 꼭대기에 있었지만, 그 나라는 정통 중화 민족인 한족이 아니었고 당연히 한족이 이룩한 문화나 문명과는 거리가 있었어. 만주족으로 말하자면, 조선에서 흔히 이야기하던 오랑캐의 한 부류일 뿐이었지. 왕민호 같은 중국 학자들 또한 박지원과 마찬가지로 복잡한 심정이었을 거야. 큰 나라의 선비니까 박지원보다 훨씬 나은 형편이라고 하겠지만, 다른 민족의 통치를 받는 딱한 처지였어.

힘으로는 만주족이 중심이고 문화로는 한족이 중심인 상황이라 하겠는데, 박지원은 그 틈새를 누비면서 태양과 지구와 달이 어떻게 운행하는지 이야기하면서 사태를 바로 파악하려 애썼지. 이는 세계를 어떻게 바라볼까 하는 '세계관'의 문제이기도 했어. 과학은 과학으로, 역사는 역사로 하나만 제대로 이해하면 끝나는 게 아니었어. 지금도 제대로 연구하는 학자들은 서로 다른 학문들을 한데 아울러서 좀 더 높은 경지로 올라가기 위해 애를 쓰고 있어. 학문이라는 것은 장대처럼 세우는 게 아니라 탑처럼 쌓아 올리는 거야. 탑처럼 아래가 넓고 튼튼할수록 위로 높이 올라가도 흔들리지 않고 중심을 지킬 수가 있어. 문학을 하면서도 자연 과학에 관심을 갖고, 사회 과학을 하면서도 철학을 공부하는 식으로 말이야.

어떤 것이 중심이라는 생각에는
그곳이 최고라는 생각이 깔려 있다.
이는 구분과 차등을 만들 뿐이다.

말 위에서 졸음을 쫓으며

그렇다면, 현기야, 박지원은 그 많은 지식들을 어떻게 알았을까?
물론, 책을 많이 읽었겠지만, 책을 아무리 열심히 읽었다고 해도 아
무 준비 없이 그렇게 술술 쏟아져 나오기는 힘들어. 박지원이 「곡정
필담」 뒤에 붙여 놓은 후기 같은 글이 있는데, 그것을 보면 그 비밀
을 알 수 있어.

내가 나눈 필담 가운데 곡정과 한 것이 가장 많았다. 엿새 동
안이나 창문을 바라보며 새벽이 오도록 이야기를 한 까닭에 조
용히 필담을 나눌 수 있었다. 그는 정말 굉장한 선비요, 준걸이었
으며, 말이 종횡무진으로 걷잡을 수 없었다.
내가 우리나라 서울을 떠나 팔 일 만에 황주(黃州)에 도착했을

때 말 위에 올라앉아 스스로 생각해 보았다.

'학식이 정말 없는 내가 빈털터리로 중국에 들어갔다가 만약 큰선비라도 만나면 무엇으로 서로의 견해를 나누며 질문을 할까?'

그렇게 걱정이 되어 전에 들었던 것들 가운데 '지전설'과 '달세계' 등의 내용을 뽑아내서 말을 탈 때마다 말고삐를 쥐고 안장에 앉은 채로 졸아 가며 궁리를 해 보았다. 수십만 마디의 말을 헤아려 가슴속에 글자 없는 글을 쓰고 허공 위에 소리 없는 문장을 썼는데, 그렇게 한 것이 매일 몇 권이 되었다.(「곡정필담」)

읽어 보니 그 비결을 대번에 알겠지? 그래. 어느 누구라도 아무 준비 없이 그렇게 막 읊어 댈 수는 없었을 거야. 모르긴 해도 박지원을 상대했던 중국 학자들은 작은 나라에서 이름 없는 학자가 하나 왔다니까 가볍게 생각하고 나왔겠지. 박지원은 미리 열심히 준비한 덕분에 뜻밖에도 큰 나라 학자들과 그 나라말로 토론을 하면서도 꿇리지 않고 상대의 기를 꺾을 수 있었어.

너도 여행을 많이 해 보았으니 여행이 얼마나 고된 일인지 알겠지. 더구나 지금처럼 비행기나 자동차가 있는 게 아니어서 박지원은 말을 타고 다녀야 했어. 의자에 편하게 앉아서 가는 여행도 오래 하다 보면 피곤해지는데, 하루 종일 말을 타고 가면서도 말 위에서 계속 지전설 등에 대한 생각을 곱씹었던 거야. 읽은 것을 생각했다가, 다음 날은 좋은 경치를 보며 가다듬어 보고, 그러면서 생각이 계속 깊어졌다고 했어. 여행이 길고 고되었던 만큼, 생각은 더 무르익었던 것 같아. 그렇게 보면 요즈음은 여행이 너무 짧고 편해서 여행이 끝나면 별로 남는 것이 없는지도 몰라.

몇 년 전 인도를 여행할 때, 나는 인도 역사책과 신화 관련 서적 몇 권을 읽고 떠났어. 그 덕에, 다른 일행들이 별 게 없다면서 쓱 들어갔다 나오는 곳도 내게는 의미가 가득한 값진 창고가 되었어. 내 배낭 속에 들어 있던 책이, 그 다음 여정에서 만날 인도의 신과 신전

누군가 물었다.
그 많은 지식을 어떻게 아느냐고.
아는 만큼 보이는 것도 사실이다.
하지만 아는 것을 활용하지 않는다면 무슨 소용인가.

곡정 왕민호와 16시간 쉬지 않고 필담을 나눈 후
팔목이 너무 아픈 밤에…

에 대해 잘 알려 주니까 혼자서 기뻐하기도 했고, 앙코르 와트에 가기 전에는 그곳 사원에 관한 책을 미리 읽어 두어서 적잖은 도움이 되었어.

어떤 유명한 분이 그랬다지. "아는 만큼 보인다."고 말이야. 맞는 말인데 좀 더 정확하게 말하자면, 잘 알고 또 그것을 잘 정리해 두는 만큼 더 보이는 법이야. 물론, 박지원이 그랬던 것처럼 알고 있는 것을 잘 활용할 수 있으면 더할 나위 없겠고.

『열하일기』는 어떻게 구성되어 있나?

『열하일기』는 워낙 방대한 내용인 데다 소설처럼 줄거리를 가지고 있는 것도 아닙니다. 제목에 있는 대로 '일기'를 표방하여 날짜별로 기술하는 부분도 있지만, 그 중간중간에 독립된 작품들을 두는가 하면, 주제별로 따로 묶어 두는 방식을 택하는 등 복잡한 구성법을 쓰고 있습니다. 그래서 그 내용을 요약한다는 게 사실은 불가능합니다. 이 책에서 다룬 것도 그중 일부에 지나지 않지요.

맨 처음은 「도강록」입니다. 압록강에서 요양까지의 15일 간의 기록이지요. 성과 벽돌 사용 등에 대해 쓰고 있습니다. 그 뒤로는 심양을 돌아본 「성경잡록」이 있고, 이 책에서 다룬 수레에 대한 고찰이 돋보이는 「일신수필」이 이어지며, 다음으로 산해관에서 북경까지를 돌아보며 〈호질〉을 담고 있는 「관내정사」가 있습니다.

이렇게 북경까지의 일정이 끝나면, 다시 북경에서 열하까지의 일정이 시작됩니다. 「막북행정록」은 북경에서 열하까지 5일 간의 기록으로 황제의 명으로 급하게 북쪽으로 내달리며 겪은 체험담이고, 뒤 이어 열하의 태학에서 중국 학자들과 지전설 등을 토론한 「태학유관록」이 있습니다.

사신 일행은 열하에서 황제를 알현한 다음 다시 북경으로 되돌아오는 데요, 이때의 기록이 「환연도중록」이고, 열하에서 머물면서 중국 학자들과 담소한 기록 등을 담은 「경개록」이 이어집니다. 또, 티베트 불교 등에 대한 문답 등을 통해 국제 정세를 파고드는 「황교문답」, 「반선시말」, 「찰십륜포」가 연작처럼 펼쳐집니다. 이어 「행재잡록」은 황제의 임시 거처인 열하의 행재소에서의 일을 기록하고 있고, 조선과 중국의 현안을 다룬 「심세편」이 따르고, 「망양록」과 「곡정필담」은 중국 학자들과 음악과 과학, 역사 등에 대한 토론이 중심이 됩니다.

「산장잡기」는 열하에 있는 피서산장에서의 견문을 여러 편의 기문으로 남긴 것으로, 〈일야구도하기〉, 〈상기〉 등등의 기문이 있으며, 「환희기」는 요술 구경을 한 소감을 적은 이야기로 스무 종류나 되는 마술을 탁월한 필치로 소상하게 소개하면서 거기에서 얻은 깨달음을 담고 있습니다. 이 밖에도 「피서록」, 「구외이문」, 「옥갑야화」 등 여행지를 오가며 전해 들은 소소한 견문들이 덧붙습니다.

뒤 이어지는 「황도기략」, 「알성퇴술」, 「앙엽기」 세 편은 모두 북경에서의 견문을 주제별로 나누어 놓은 것이고요, 「동란섭필」은 여행 중에 보고 들은 잡다한 내용들을 메모 형식으로 담은 짤막한 기록이고, 「금료소초」는 의약이나 민간 처방 등 의학 관련 내용을 자유롭게 기술하고 있습니다.

다섯째 구경

수레를 못 쓰는 게 누구의 책임인가?

바윗고을이리 수레를 쓸 수 없다고?

현기야, 어떤 사람이 시를 좋아했다고 해. 당연히 많은 시를 읽었 겠지. 그런데 좋아해도 보통 좋아하는 게 아니라면 어떻게 될까? 예 를 들어 남의 시를 읽으면 저절로 자기 시가 머리에 떠오를 정도라 면 말이야. 당연히 시를 쓰려고 하겠지. 그런데, 그렇게 시를 좋아하 는 사람이 너무 가난하다면 어떨까? 우선 돈을 벌어 먹고살아야겠 지. 그러나 인생이란 게 그렇게 호락호락하지 않아서, 일단 발을 들 여놓게 되면 돈 버느라 세월을 다 보내고 나중에는 아예 시를 쓸 엄 두도 못 내게 될지 몰라. 흔히 형편이나 상황이 문제가 되어서 무얼 못한다고 하는 일이 많잖아.

너도 알게 되겠지만 형편을 핑계 대는 사람들은 도전을 안 하게 되 고, 그래서 어떠한 책임도 지지 않기 쉬워. 그런데, 박지원은 그런 데 빠지질 않았던 것 같아.

우리나라에도 일찍부터 수레가 없지는 않았다. 그러나 아직 바퀴가 정확하게 동그란 원도 아니고 바큇자국도 똑같은 궤도에 들어맞지 않아서 수레가 없는 거나 진배없다. 이에 대해 사람들

핑계 대지 마.
가마 타고 다니니까
필요성을 못 느낀 거지!

은 늘 이렇게 말해 왔다.

"우리나라는 바윗고을이어서 수레를 쓸 수 없다."

이게 대체 무슨 말인가? 나라에서 수레를 쓰지 않아서 그 때문에 길이 닦이지 않았을 뿐이다. 만일 수레가 다니게 된다면 길은 자연히 닦일 것인데, 길이 좁고 고개가 높고 험한 것을 걱정할 것인가?(「일신수필」〈수레의 법식〉)

'일신수필'은 '말을 타고 빨리 가면서 붓 가는 대로 쓴 글'이라는 뜻이야. 박지원이 바쁜 일정에도 시간을 쪼개어 자유롭게 쓴 글 가운데, 특별히 수레와 관련된 내용을 따로 뽑아 놓았는데 그것이 바로 〈수레의 법식〉이야. 요즘 기계를 사면 그 기계의 외관과 성능, 작동 방법 등을 설명한 매뉴얼이 따라오지? 그런 것처럼 수레가 어떤 것인지 상세히 써 놓은 글이야. 여기 인용한 것은 아주 짧은 대목이지만 참으로 강렬한 내용을 담고 있어.

　박지원이 중국에 가 보니 중국과 우리나라의 큰 차이가 바로 수레에 있다는 걸 직감했어. 바퀴에 의지하여 사람과 물건을 실어 나르면 사람이나 짐승의 등에 지고 나르는 것보다 훨씬 힘을 덜 들이고도 더 많은 일을 할 수 있거든. 그런데 우리나라에서는 수레가 있는데도 적극적으로 쓰지를 않았던 거야. 신통치 못했기 때문이지.

　박지원은 수레바퀴가 정확하게 동그란 원을 그려야 하고, 또 가능하면 수레 축의 폭도 일정하게 규격화해야 한다고 역설했어. 정확하게 동그랗다면 그만큼 힘을 균등하게 받아서 덜컹거림도 덜하고 마모도 심하지 않겠지. 또 일정한 폭으로 맞춘다면 제작과 수리도 쉽고, 수레가 다니는 길이 아주 단단하고 평평하게 길이 나서 마치 기차가 레일 위를 달리듯이 힘을 덜 들이며 빠르고 부드럽게 나아갈 수 있을 거야.

　그러나 사람들은 수레를 좀 더 낫게 개량하려는 노력은 고사하고, 우리나라는 산이 많고 길이 험해서 수레를 쓸 수 없다고들 했지. 바윗고을은 사방이 바위로 둘러싸인 고을을 뜻하는데, 우리나라는 어디나 산이 많아서 웬만한 고을은 다 그렇게 바윗고을이라 해도 아주 틀린 말은 아니야. 그러니 얼마나 핑계 대기 좋았겠어? 하지만 박지원은 정반대로 생각했지. 수레를 쓰다 보면 그 수레가 잘 다니도록 길을 닦게 될 테니 험한 길도 차츰 편한 길로 바뀔 거라고 말이야. 그러나 그런 비판은 어쩌면 누구라도 쉽게 할 수 있을 거야. 문제는 대안을 세우는 것인데, 그러자면 먼저 책임자가 누구인지부터 가려야겠지?

수레를 못 쓰게 된 책임

수레가 다니면 길이 저절로 닦일 것이라고 말을 한 사람은 박지원 이전에도 있었지만, 박지원은 실제로 자신이 험한 길을 다니며 본 경험으로 이야기를 해서 더 설득력이 있어. 이렇게 무언가 새로운 일을 하려면, 우선 과감한 발상의 전환이 필요하고, 또 그 위에 풍부한 경험이 보태져야만 해.

중국이 풍부한 물산을 막힘없이 사방으로 유통시킬 수 있는 것은 모두 수레를 쓰는 데서 오는 이점이다. 당장 가까운 예를 들어 우리 사신단만 하더라도 우리가 만든 수레를 타고 곧장 북경에 닿을 수 있는데 대체 무엇을 꺼리는 것인가?

영남 지역 사람들은 새우젓을 모르고, 관동 지역 사람들은 아가위 열매를 절여서 장을 대신하며, 서북 지역 사람들은 감과 귤을 구분 못하고, 바닷가 사람들은 생선 젓갈 등을 밭의 거름으로 쓰고 있다. 만일 이런 것들이 서울에 오게 되면 한 움큼에 한 닢

씩이나 하는데 어째서 그렇게 귀하게 되는 것인가?(「일신수필」〈수레의 법식〉)

세상에는 별별 사람들이 다 있는 법이니까 수레가 다녀서 길이 좋아진다 쳐도 길이 좋아지면 무슨 좋은 일이 있느냐고 따지는 사람도 있을 거야. 그런 사람들에게 박지원은 아주 쉬운 예를 들고 있어. 우리나라보다 몇십 배나 넓은 중국에서는 수레가 다니는 까닭에 이곳 물건이 저곳으로 쉽게 갈 수 있는데 우리는 영 그렇지가 않다는 거야.

중국에 비하자면 좁디좁은 우리나라에서 어디에서는 흔해서 거름으로 쓰는 것이 어디에서는 귀해서 비싼 돈을 주고도 구하기가 어렵게 되어 버린 거지. 사람들이 필요한 물건을 손쉽게 구할 수 없으니, 삶의 질이 떨어지는 게 당연해. 정말 억울한 일은, 나라에서 나는 물건들만 가지고 충분히 쓸 수 있는데도 필요한 곳에 제때 보낼 방법이 없기 때문에 허덕이게 된다는 거야.

이제 문제가 분명해졌지. 사람들이 말도 안 되는 핑계를 대면서 수레를 쓰지 않고, 그 때문에 물건이 손쉽게 오가질 못해서 가난하게 산다는 거야. 또 가난하니까 애써 길을 내기도 어렵고, 결국 가난이 가난을 낳는 악순환이 이어지는 거지. 그렇다면, 그 악순환의 고리를 누가 끊어야 할까?

사방이 수천 리밖에 안 되는 나라에서 백성들의 살림살이가 이렇게 가난한 까닭은 한마디로 말해 수레가 다니지 않기 때문이다. 그렇다면 누군가가 수레는 왜 못 다니는가 묻는다면, 이 역시 한마디로 선비와 벼슬아치들의 죄라 하겠다. 사대부들이 평생 읽는 글이 『주례』라는 옛 성인이 지은 책인데 거기에 나오는 '윤인(輪人)', '여인(輿人)', '거인(車人)', '주인(輈人)' 등 수레와 관련된 관직 이름들을 줄줄 읊어 대면서도 정작 실제 수레의 제작 방법이나 사용 기술 등에 대해서는 연구하지 않는다. 이는 이른바 '그저 읽기만 하는 것'이니 학문에 무슨 도움이 되겠는가. 아, 한심하다!(『일신수필』 〈수레 제도〉)

　　박지원의 한숨 소리가 여기까지 들려오는 것만 같구나. 사람들은 흔히 무언가 문제가 있을 때면 문제가 생긴 그곳에서 곧바로 원인을 찾곤 하지. 박지원은 달랐어. 물건을 만드는 기술자를 탓하는 게 아니라 선비와 벼슬아치들을 탓한 거지. 자신이 바로 양반 계층이었고 또 선비였으며 나라의 사신 일행으로 외국에 나가는 형편이니까, 그 모든 것들이 자기 탓이라는 말이기도 하지.

농사도 짓고, 불도 끄고, 전투도 하고

이쯤 되면 조선에서 수레가 잘 다니지 못하게 된 까닭이 높은 사람들 때문인 것은 알겠는데, 그게 무슨 대수냐고 하는 사람이 있을 거야. 조금 불편하고 좀 더 검소하게 살면 되지 꼭 수레 같은 것을 만들어야만 하냐고 말이지. 그런 생각은 실제 수레의 쓰임새가 얼마나 넓은지 몰라서 나오는 거야. 조금만 더 읽어 보자.

> 밭에 물을 주는 수레로는 용미차, 용골차, 항승차, 옥형차 등이 있고, 불을 끄는 수레로는 굽은 관을 쓰거나 긴 물총을 쓰는 홍흡이나 학음 등이 있으며, 군사용 수레로는 포차, 충차, 화차 등이 있다. 이는 모두 서양인이 지은 『기기도』나 청나라 강희제 때 나온 『경직도』 등에 그림이 있고, 그에 대한 설명은 『천공개물』과 『농정전서』 같은 책에 실려 있다. 여기에 뜻이 있는 사람이라면 그것을 구해다가 면밀하게 연구한다면 극심한 가난에 죽을 지경인 우리나라 백성들을 구제할 수 있을 것이다.(「일신수필」〈수레의 법식〉)

어때? 이제 수레는 그냥 수레가 아니야. 우리의 머릿속에 있는 수레는 바퀴가 두 개 달리고 앞에서 말이나 소가 끄는 단순한 모양의

누가 수레를 막는가!

책임 1 벼슬아치
책임 2 선비
책임 3 산다~~ 하는 양반들

결론... 백성만 괴로움

것이지. 사람이 타고 짐을 싣는 그런 것뿐이야. 그러나 그 쓰임은 위에 나열한 것처럼 아주 다채로워. 농사를 지을 때 물을 대 주는 급수차, 화재가 나면 불을 꺼 주는 소방차, 그리고 전쟁에 쓰이는 각종 전차가 다 수레야. 막연하게 생각할 때는 잘 모르겠지만, 실제로 수레를 쓰게 되면 그렇게 다양한 쓰임이 개발되는 거야.

자, 여기까지 박지원이 펼친 수레에 대한 생각을 가다듬어 보면, 우리가 새로운 문물을 대할 때 어떤 태도를 지녀야 하는지 짐작할 수 있겠구나.

첫째, 어떤 전환이 필요한 시점에서 핑계를 대서는 안 돼. 수레가 꼭 필요하긴 한데 길이 험해서 쓸 수 없다고 생각하는 게 그런 예지. 발상을 바꾸어 보면 거꾸로 수레 덕에 길이 더 좋아지는 방법을 찾아낼 수도 있으니까 말이야.

둘째, 생활에 필요한 물건들은 소통을 원활하게 해서 삶을 윤택하게 해야 한다는 거야. 소통만 잘된다면 여기서 남아도는 것을 저기서 쓰고, 저기서 귀한 것을 여기에서 가져다주는 방식으로 모두들 잘살 수 있는 길이 열리지. '경제'라고 하는 게 따지고 보면 별 게 아니야. 이쪽저쪽에 있는 돈과 물건, 인력들이 자유롭게 오가서 모두 함께 가장 잘사는 방법을 궁리하고 또 실제로 그렇게 해 나가는 것이겠지.

셋째, 작은 문제에서 출발했더라도 크게 보아야 제대로 해결이 돼. 박지원은 수레를 보는 여러 측면을 잘 파악했어. 수레가 있고 없고가 단순히 기술자가 만들고 안 만들고의 문제가 아니라 정치 문제라는 것을 일러 주었으니 말이야.

넷째, 일단 어떤 문물이 도입되면 그 다음에 응용할 것이 무궁무진하게 많아. 가령 스마트폰이 처음 나왔을 때는 그저 휴대폰에서 인터넷 검색이나 하는 줄 알았겠지만 실제 그 쓰임은 말하기도 벅찰 정도잖아. 수레도 그렇지. 단순한 이동 수단에 그치지 않고, 농사도 도와주고, 불도 꺼 주며, 전쟁에도 도움이 되잖아. 일단 새로운 것을 개발한 뒤에는 또 그것을 응용하는 일을 게을리해서는 안 되는 거야.

꼼꼼하게 보고 자세하게 쓰기

그렇다면 박지원이 수레가 얼마나 중요한지, 또 그 쓰임이 얼마나 큰지 일러 주면 그것으로 끝나는 걸까. 그 정도는 조금만 관심이 있는 사람이라면 할 수 있는 일이야. 예를 들어 네가 스페인에 가서 생전 처음 본 게 있을 텐데, 겨우 이름이나 외우고 겉모습이나 더듬거리며 전해 줄 정도라면 친구들이 거기에서 무얼 배우겠어? 자기도 가게 되면 한 번 봐야겠다는 생각밖에 안 들지도 몰라.

박지원은 거기에 그치지 않고 아주 상세하게 관찰하여, 요즘으로 치자면 자동차 설명서를 보는 것처럼 해 두었어.

이제 불 끄는 수레에 관해 대략 적어서 우리나라로 돌아가 전하려 한다. 북진묘(의무려산의 산신께 제사를 올리는 사당)에서 달빛 아래 신광명으로 돌아올 때의 일이다. 성 밖의 민가에서 저녁에 불이 났는데 이제 겨우 불길이 잡혀 길 가운데 있던 물수레 세 대를 거두어 돌아가려던 참이었다. 나는 수레를 잠시 세워서 우선 그 이름부터 물어보았더니 '수총차'라고 했다. 다음으로 그 외양과 작동법 등의 법식에 대해 살펴보았다.

네 바퀴의 수레 위에 큰 나무 물통을 한 개 설치하였으며 그 물통 안에는 큰 구리 그릇을 두었으며, 구리 그릇 안에는 구리

관 두 개를 세웠다. 구리 관 중간에는 '乙(을)'자 모양의 물총을 두었으며, 물총은 두 갈래로 갈려 양편의 구리 관이 서로 통하게 되었다. 양편 구리 관 아래 짧은 다리가 있고 바닥에 구멍이 뚫려 있는데, 구멍에 얇은 구리쇠로 문을 달아서 물이 들어오고 나가는 데 따라 여닫게 되어 있었다. 또 양쪽 구리 관 주둥이에는 구리로 된 마개를 씌워 꽉 맞게 했다. 그 복판에 쇠기둥을 세워 나무를 씌워서 구리 마개를 눌렀다 떼었다 하면 그에 따라 구리판이 드나들고 오르내렸다.

그리고 물을 구리 그릇 안에 붓고 몇몇이 나무판을 밟으면 구리판이 한 번씩 오르락내리락했다. 물을 빨아들이는 조화는 다 그 구리판에 달려 있다. 구리판이 구리 관까지 솟아오르면 문이 갑자기 열리면서 바깥의 물을 빨아들이고, 거꾸로 구리판이 내려가서 문이 세차게 닫히면 물이 구리 대롱 속에 가득 차서 빠져나갈 데가 없게 되고 그러면 마침내 물이 '乙'자 물총으로 옮겨가서는 세차게 치솟는다. 그 물길이 위로는 여남은 길이나 올라가고, 옆으로는 3~40발짝 정도나 내뻗는다. 그 작동 원리는 마치 입으로 생황을 부는 것과 비슷하나, 물을 길어서 통에 계속 붓는 것만이 다를 뿐이다.(『일신수필』〈수레의 법식〉)

박지원은 마치 산업 스파이라도 되는 것처럼 어떤 원리로 물이

뽐어져 나가는지 상세하게 설명하고 있지. 모르긴 해도, 조선 땅에
도 누군가가 빨리 그런 것을 만들어 주기를 바라는 마음이었을 거
야. 현기야, 박지원이 이 글을 쓰기 위해 어떻게 했을지 한 번 상상
해 보렴. 물총이 있는 차니까 신기하기는 했겠지만 대부분의 사람들
이라면 그런 게 있구나 하면서 넘어갔을 테지. 중국처럼 크고 문명
이 발달한 나라에 갔으니 얼마나 볼 게 많았겠어. 게다가 그냥 놀러
간 것이 아니어서 사신이 움직이는 일정에 따라 쉽게 시간을 뺄 수
도 없었을 테니 동료들은 다른 데로 가자고 재촉했을 거야. 또, 낯선
외국인이 자기 나라 물건을 그렇게 세세하게 관찰하며 기록할 때
그걸 곱게 보아 줄 리도 없겠고. 그런데 그 와중에 박지원은 그런 것
들을 일일이 기록해 두어 누군가에게 도움이 되기를 바랐던 거야.
그 덕분에, 이런 글만 보고도 실제 수총차의 모양을 얼추 비슷하게
그려 낼 수 있을 정도야.

그러나 박지원이 기록한 것들이 실용적인 일에서만 그치지는 않
았어. 눈에 띄는 신기한 것들은 쭉 적어 두곤 했는데, 특히 청나라의
수도인 북경에서 본 것들을 항목별로 간단하게 정리한 게 「황도기
략」이야.

　유리창은 정양문 밖 남쪽 성 아래로 선무문 밖까지 펼쳐져 있
으니, 연수사라는 절의 옛 터이다. 송나라 때 휘종 황제가 북쪽으

로 갈 때 정 황후와 함께 이곳 연수사에 묵은 일이 있다.

지금은 공장이 되어 형형색색의 유리와 기와, 벽돌을 만들고 있다. 공장에는 외부인의 출입을 금하고 특히 기와를 구울 때면 금기시하는 일이 많다. 공상 기술사라도 모두들 닉 달치 식량을 싸들고 들어가는데 일단 들어가면 제 마음대로 못 나온다고 한다.

공장 바깥은 모두가 물건을 파는 가게들인데 재화와 보물이 넘쳐났다. 서점 가운데 가장 큰 곳은 문수당, 오류거, 선월루, 명성당 등이다. 전국의 과거 시험 준비생들과 저명인사들이 이 안에 묵고 있다.(「황도기략」〈유리창〉)

'창'은 공장이라는 말이니까, 유리창은 말 그대로 유리를 만드는 공장이지. 처음에는 궁성을 지을 때 필요한 유리와 기와 등을 만드는 곳이었는데 차츰 여러 가지 물건을 취급하면서 범위를 넓혀 갔지. 골동품이나 서적, 서화 등등을 취급해서 조선 선비들이 구경하기에 안성맞춤이었어. 선비들로서는 그야말로 원스톱 시스템을 갖춘 곳이어서, 조선 선비들이 북경에 가면 으레 들르곤 했어. 나도 두 차례 북경에 갔었는데 그곳만은 꼭 들러서 기념품으로 도장을 파왔지.

그런데 말이야, 이렇게 조선 선비들이 유리창에 대한 관심이 지대했기 때문에 우리나라에는 유리창에 대한 기록이 아주 많아. 아무리 바빠도 꼭 들러서 책이나 문구들을 사 왔고, 박지원처럼 구경한 기록을 남겨 두곤 했으니까. 그래서 현재 중국에서 옛날 유리창에 대한 연구를 할 때면 조선 선비들이 기록해 둔 내용을 참고할 정도라고 하지. 조선 사람의 눈으로 보고 조선 선비의 손으로 기록한 것이 거꾸로 중국에 도움을 준다니 참 신기하지? 하긴, 지금도 서울의 인사동 같은 골목을 여행하는 사람들은 태반이 외국인이고 그런 외국인들이 기록해 둔 것이 우리가 기록한 것보다 많을지도 몰라. 문화란 언제나 그렇게 쌍방의 작용으로 발전해 나가는 걸 알 수 있어.

이 모든 일들이 가능했던 것은 물론 박지원의 뛰어난 역량 덕분

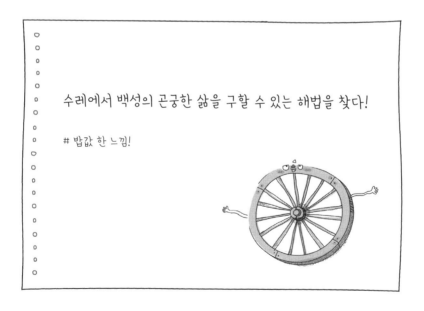

수레에서 백성의 곤궁한 삶을 구할 수 있는 해법을 찾다!

밥값 한 느낌!

이겠지만, 그 이면에는 박지원의 남다른 책임감이 깔려 있어. 본래 선비의 본분이 사람들이 두루 잘사는 세상을 만드는 데 기여하는 것이기도 하지만, 나랏돈으로 나랏일을 하러 따라나선 그로서는 어디에 있든 제몫을 다하려고 했지. 요즈음 일부이기는 하지만 해외연수를 다녀오면서 세금을 허비하는 고위층 인사들이 있는 것과는 아주 비교되는 일이지.

주위를 돌아보면, 여행을 한 사람들은 많지만 박지원처럼 세심하게 다각도로 뜯어보고 궁리한 사람은 별로 없어. 오늘날까지 우리가 『열하일기』를 계속해서 보는 까닭이기도 하지. 그러나 『열하일기』가 훌륭하다고 느끼고 감탄만 해서는 박지원에게 진 빚을 갚을 수가 없어. 그러려면 많이 보고, 많이 듣고, 많이 느끼고, 많이 써야겠지. 또 그보다는 잘 보고, 잘 듣고, 잘 느끼고, 잘 써야 하고. 더 중요한 건 네 눈으로 보고, 네 귀로 듣고, 네 마음으로 느끼고, 네 손으로 써서 정말 너만의 멋진 여행기가 되어야 한다는 거야. 그러려면 네가 누구인지, 네 몫을 다하는 게 무엇인지 확실히 알아야 하고.

왜 이렇게 수레에 관심을 보이는 거지?

모든 사신들이 외국에 다녀오면 그 기록을 남기는 까닭에 『열하일기』이전에도 여러 기행문이 있었습니다. 『열하일기』에 나오는 많은 내용들이 사실은 그 이전부터 언급되던 것들입니다. 지금도 여행 가기 전에 여행 안내서를 읽든가 먼저 여행 다녀온 사람에게 묻곤 하지요. 그래서 추천받은 곳은 꼭 한 번 가 보곤 하는데요, 『열하일기』도 그런 과정을 거쳤습니다.

수레에 대해서도 그 이전의 기행문에 자주 등장했으며 박지원이 그 전통을 이어 나갔습니다.

큰 수레는 말 다섯 필에 메어 끄는데 때로는 여덟 아홉 필에 이르기도 한다. 작은 수레는 말 한 필이나 소 한 마리에 메어 끈다. 그 바퀴는 바퀴살이 없고 나무를 꿰어 가로세로로 엮어 바퀴통을 만드는데 네모난 구멍을 뚫어 바퀴 축이 함께 돌게 했다. 바퀴는 철판으로 감싸 못질하여 닳는 것을 방지하였다. 몽골의 수레 제도는 우리나라와 한가지지만 조금 가볍다.

수레에 메는 말로는 흔히 준마가 많이 쓰이며, 그렇지 않을 경우 노새를 쓰는데 노새는 힘이 세기 때문이다. 장군이란 자는 한 발 남짓한 채찍을 가지고 수레 안에 앉아서 힘을 다 쓰지 않는 말에 채찍질을 한다. 그러면 모든 말들은 일제히 힘을 내서 빠르기가 나는 것 같다.

또 독륜차(외발 수레)가 있는데, 한 사람이 뒤에서 민다. 백여 근을 실을 수 있으며 거름으로 쓸 똥을 싣는 데도 다 이것을 쓴다.(김창업, 『연행일기』, 권영대 역, 민족문화추진회, 1982, 39쪽)

조선 숙종 때의 문인인 김창업이 1712년에서 1713년까지 청나라에 다녀온 후 기록한 『연행일기』(김창업의 호를 따서 '노가재연행록'이라고도 함)의 한 대목인데요, 박지원만큼은 아니어도 수레에 대해 제법 자세하게 기록되어 있습니다. 김창업은 박지원보다 칠십 년쯤 앞서 사신으로 다녀왔고, 김창업 이후로도 수레에 대한 논의는 계속되었습니다. 이런 보고들을 근거로 해서 청나라의 수레 제도를 본받자는 상소문이 올라갈 정도였으니까 그 파장이 적지 않았던 것입니다. 그럼에도 불구하고 여전히 실질적인 개선이 이루어지지 않았고, 박지원이 그 문제에 대해 정면으로 논의를 한 것입니다. 박지원이 앞 세대의 기행문에 빚을 지고 있지만 이자를 충분히 쳐서 되갚은 셈입니다.

황제가 열하에 간 까닭?

정말 피서 간 게 맞소?

현기야, 『열하일기』는 말 그대로 열하에 다녀온 기록인데, 조금 이상하지 않니? 열하는 '청더(承德)'라고 하는 곳으로, 중국의 동북쪽 하북성(허베이 성)에 있는 조그마한 도시란 말이야. 그런데 황제의 생신을 축하하기 위해 간 조선의 사신은 어째서 황제가 머물고 있는 수도인 북경으로 가지 않고 그 변방으로 갔을까?

그 속사정은 이래. 조선 사신이 황제를 뵙기 위해 북경으로 갔는데 마침 황제가 열하에 피서 갔다는 거야. 열하가 여름에도 시원한 곳이었던가 봐. 그래서 여름 한철에 황제가 임시로 머무는 궁을 더위를 피해 가는 산장이라는 뜻에서 '피서산장'이라고 했지. 어쨌거나 황제를 못 만나나 보다 생각하고 있는데 열하에서 오라는 연락을 받고, 조선 사신들이 북경에서 열하 쪽으로 급하게 걸음을 옮긴 거지.

그렇다면, 황제는 정말로 더위를 피해서 열하까지 갔던 것일까? 북경에서 열하는 아주 먼 거리야. 박지원 일행이 북경을 떠난 것이 8월 5일인데 8월 9일에 열하에 도착했으니 그만 해도 5일인데, 낮밤으로 죽을힘을 다해 달린 결과이니 여유 있게 가자면 일주일 이상

황제는 왜 그 먼 곳으로 피서를 갔을까?

단서 1. 중국은 여러 이민족들과 마주하고 있다.
그중 몇몇은 아주 강하고 무섭고 쎄다.

은 가야 하는 거리란 말이야. 만약 현기더러 더위를 피하기 위해서 왕복 보름쯤 되는 거리를 다녀오라고 한다면 할 수 있겠니? 아무리 수레를 타고 편하게 간다고 하더라도 오고가는 과정이 너무 고생스러워서 웬만하면 피하고 싶겠지.

그러니 황제가 그 멀리까지 피서를 가는 데는 그만한 이유가 있었겠지? 박지원은 그런 속사정을 파고들었어.

이제 청나라가 천하를 통일하고 비로소 '열하'라고 부르기 시작했으니, 열하는 만리장성 밖에 있는 군사적 요충지다. 강희 황제 때부터 여름이면 늘 황제가 이곳에 행차하여 더위를 피했다. 그러나 궁궐 외관에 색을 입히거나 조각으로 새겨서 꾸미지 않고 '피서산장'이라 하고, 황제가 독서도 하고 수풀과 샘 사이를 거닐면서 세상을 잊고 어디에도 매이지 않은 채 일반인처럼 생활하였다.

　그러나 사실을 살피면, 여기가 험준한 요새인 까닭에 몽골의 숨구멍을 막음과 동시에, 북쪽 변방 깊은 곳이어서 '피서'를 구실 삼아 황제 스스로 북쪽 오랑캐를 방비하려는 심산이있다. 이는 마치 원나라 때에 해마다 풀이 푸른 철이 되면 수도를 떠나 북쪽으로 나가 있다가 풀이 마르는 철이 되면 다시 남쪽 수도로 돌아오는 것과 같다. 대체로 황제가 북쪽 변방 가까이에 있으면서 행차를 하게 되면, 북쪽 오랑캐들이 감히 남쪽으로 내려와 말을 먹이지 못할 것이므로 황제가 오가는 시기를 풀이 푸르고 마르는 때로 기준 삼았다. 이 행차를 '피서'라고 하는 이유가 그것이다.(「막북행정록」)

'막북'은 사막의 북쪽을 말해. 그러니까 「막북행정록」은 사막 북쪽 지역을 돌아다닌 기록인데, 북경의 북쪽 만리장성 너머의 오지를 돌아다니며 본 내용을 쓴 기록이라는 뜻이야. 황제의 명에 따라 그곳을 지나면서 얼마나 험난한 곳인지 자연히 알게 된 거지. 편안한 휴양지가 되려면 가서도 좋아야겠지만 가는 길도 편해야 하겠지. 그렇지 않다면 오가는 과정이 너무도 피곤해서 쉬는 보람이 없을 테니까 말이야.

박지원은 바로 그러한 점에 의문을 가졌어. 대체 황제가 무엇이 아쉬워서 도저히 피서가 될 것 같지 않은 험난한 여정을 감수했겠느냐 하는 것이지. 그리고 그에 대한 답을 말해 주고 있어. 중국은 국토가 넓은 만큼 자연히 여러 나라들과 국경을 맞대고 있었어. 지금의 중국만 보아도 바다는 제외하고 육지로만 따져도 14개국과 국경이 닿아 있으니 참으로 대단한 면적이지. 중국 사람들은 중국을 가운데 놓고 동서남북 사방에 있는 다른 민족들을 야만족으로 여겼어. 또 그 방향에 따라 부르는 이름도 달랐지. 동쪽은 '이(夷)', 서쪽은 '융(戎)', 남쪽은 '만(蠻)', 북쪽은 '적(狄)'이라고 했어. 그래서 각각을 동이, 서융, 남만, 북적이라고 했거든.

이들 가운데 북쪽 오랑캐들이 가장 큰 위협 요소였는데 황제는 그 북쪽 오랑캐들과 중국이 맞닿는 경계 지역을 주기적으로 다니면서 자신이 그쪽을 늘 신경 쓰고 있다는 사실을 보여 주고 있는 거야. 생각해 봐. 황제가 머물게 되면 여러 신하들도 황제를 보러 와야 하고, 가족들도 인사 차 들러야 하니까 자연히 여러 사람들이 관심을 갖게 되고 방비는 저절로 이루어지게 되거든. 오랑캐들이 넘보기가 힘들어질 수밖에.

다른 나라 시정을 엿보는 비법

박지원은 북경에서 열하로 가면서, 또 열하에 가서 특이한 광경들

을 눈으로 직접 확인하면서 여러 가지 일들을 살피고 적어 두었지. 그중 가장 재미난 것은 티베트 불교에 대한 거야. 흔히들 '라마교'라고도 하는 종교인데, 황제는 그 종교 지도자를 극진하게 대우하며 마치 그 종교를 진심으로 믿는 듯이 행동했어. 그런데 박지원은 좀 다르게 여겼던가 봐. 청나라의 황제가 그렇게 몸소 찾아가서 예우를 할 때는 우리가 잘 모르는 이유가 있을 거라고 생각했던 거지.

그러나 진짜 이유는 대개 숨기는 법이어서 쉽게 알아낼 수는 없는 법이야. 박지원은 우선 그 어려움에 대해 이렇게 이야기하고 있어.

남의 나라에 들어가는 사람들은 흔히 "나는 적의 실정을 잘 엿보았다."거나 "나는 그 나라 풍속을 잘 살핀다."고들 하는데, 나는 그 말을 결코 믿지 않는다. 남의 나라에 들어가서 어떻게 길가의 사람을 붙잡고 물어볼 것이며, 갑자기 찾아갈 곳이 있을 것인가. 이것이 첫째로 안 되는 이유다. 통용되는 언어가 서로 달라 제대로 소통하기 어렵다. 이것이 둘째로 안 되는 이유다. 나라 안과 밖이 차이가 있어서 염탐하는 티가 나고 말 것이다. 이것이 셋째로 안 되는 이유다. 말을 피상적으로 얕게 하면 실정을 제대로 파악하지 못할 것이고, 그렇다고 말을 너무 구체적으로 깊게 하면 그 나라에서 금하는 일을 저지르기 쉽다. 이것이 넷째로 안 되는 이유다. 묻지 않아야 할 것을 물으면 정탐하는 흔적이 남을 것이다. 이것이 다섯째로 안 되는 이유다.

『논어』에 나오는 "그 직위에 있지 않으면 그 정치를 도모하지 말라."는 말은 제 나라에서도 지켜야 할 법도인데 더구나 다른 나라에서야 말해 무엇 할까. 그래서 "그 나라에서 크게 금하는 일이 무엇인지 물어본 뒤에 감히 그 나라에 들어가 살아야 한다."고 『예기』에 나와 있는데, 큰 나라에 대해서야 말해 무엇할까. 이것이 여섯째로 안 되는 이유다.(「황교문답」〈황교문답 서문〉)

당시에는 티베트 불교의 승려들이 노란색 모자를 써서 '황모파', 혹은 그냥 줄여서 '황교'라고 했는데, 〈황교문답〉은 황교, 즉 라마교에 관해 묻고 답한 내용을 적은 글이야. 옛날 한문 문장에는 이렇게 묻고 답하는 내용으로 이루어진 게 제법 많아. 실제 인물과 인물 간의 대화를 적기도 하고, 가상의 인물을 내세워서 문답을 하는 가운데 자기 생각을 집어넣기도 했지. 〈황교문답〉에서도 실제로 누군가가 박지원에게 그렇게 물었다기보다는 그렇게 물어오는 것을 가상하고 거기에 대한 답을 해 주는 형식이야. 여기서는 외국에 나가 외국 실정을 알아내는 문제에 대해 집중적으로 논하고 있어.

너도 경험했겠지만, 지금도 외국에 다녀온 사람들은 열 중 여덟아홉은 그 나라가 어떠한가에 대해서 입에 침이 마르도록 이야기하곤 하거든. 못 보던 광경이 눈에 들어오고, 신기한 일을 경험했으니 말하지 않고는 못 배기기 마련이지. 그러나 그들이 다녀왔다는 곳은 대개가 널리 알려진 관광지이기 일쑤여서 그곳만으로 정말 그 나라를 제대로 알 수는 없어. 더구나 겉으로 드러난 일상이 아니라 감춰진 정치 상황과 경제 정책 등에 대해 알려고 한다면 그 정도로는 어림없지.

박지원이 말하는 여섯 가지 고민은 박지원이 중국 여행을 통해 중국에 대해서 얼마나 깊이 있게 알려고 애썼는지를 보여 주는 대목이야. 겉으로 드러난 것만으로는 알 수 없으니 속을 들여다보아야 한다는 것인데, 그것이 말처럼 쉽지 않은 게 문제란 말이지.

그렇다고 문제만 나열한 후 자신은 모르겠다며 내빼 버린다면 앞서 우리가 보았던 박지원이 아니지.

내가 열하에 도착하여 아무 말 없이 천하의 형세를 살펴본 것이 다섯 가지다.

황제는 해마다 열하에서 잠깐씩 머무르곤 하는데, 열하라는 곳은 만리장성 밖 쓸쓸한 벽지다. 대체 천자가 무엇이 괴로워서 이런 변방의 쓸쓸한 벽지에 있는 것일까? 밖으로 내세운 명목은 피서지만, 사실은 천자가 직접 나서서 변방을 방비하고 있는 것이다. 이로 보면 몽골이 강한 나라임을 알 수 있다.

황제는 티베트의 승려 우두머리를 맞이하여 스승으로 삼고 황금으로 꾸민 전각을 지어 거기에서 왕 노릇을 하며 살게 한다. 대체 천자는 무엇이 괴로워서 그에게 이런 특별하고 호사스러운 예우를 할까? 밖으로 내세운 명목은 그를 스승으로 모시는 것이지만, 사실은 황금 전각 속에 그를 가두고는 하루하루가 무사하기를 비는 것이다. 그러니 티베트가 몽골보다 더 강한 것을 알 수 있다. 이 두 가지 일로 보면 황제의 심정이 이미 괴롭다는 것을 보여 준다.(「황교문답」〈황교문답 서문〉)

황제라면 궁궐 안에서 얼마든지 시원하게 여름을 보낼 수 있고, 가까운 교외에도 좋은 곳이 많았겠지. 박지원 생각으로는 피서는 핑계일 뿐이었어. 만리장성 바깥에 있는 이민족들은 호시탐탐 중국을 침략하려 하는데, 황제가 해마다 그곳에 머물며 관심을 보인다면 헛된 생각을 못 할 것이고, 그로써 방비가 된다는 거야. 그렇게 애써 막

고자 하는 대상은 바로 몽골족이고 말이지. 또 티베트에까지 신경을 써야 한다면 그로 미루어 티베트가 청나라도 두려워할 만큼 잠재적인 힘이 크다는 뜻이겠고. 박지원은 그런 부분을 잘 적어 두었어.

황제가 판첸 라마를 받든 까닭

그 다음은, 원문에서는 '승왕(僧王)'으로 표기된 판첸 라마에 관한 거야. 판첸 라마는 티베트 불교의 우두머리야. 티베트에서는 그가 전생에 부처의 몸이었는데 다시 인간의 몸으로 태어난 살아 있는 부처라고 믿었지. 들어 보았겠지만 '달라이 라마'로 불리는 사람 또한 그러한 티베트 불교의 승왕이야.

그런데 청나라는 중국을 지배하게 되면서 유교를 중심으로 통치해 나갔거든. 그러니 이상한 일이지. 중국에 널리 퍼져 있던 여느 불교도 아니고 티베트 불교의 최고 지도자를 황제가 직접 만나러 나설 일이 없잖아. 더구나 황제는 그 판첸 라마의 제자가 되는 듯이 아주 겸손하게 처신했어. 그 앞에서 무릎을 조아리며 깍듯한 예를 갖추는가 하면, 엄청난 규모의 절을 짓고 편안히 살아갈 수 있도록 해 주었지. 박지원이 보기에는 이 또한 다른 꿍꿍이가 있다는 거야. 황제가 판첸 라마를 섬기는 체하면서 절 밖으로 나서질 못하게 해서 결국 티베트의 힘이 중국으로 뻗치지 못하게 하는 전략이라는 거지.

이렇게 살피기로 든다면 정말 사소한 데에서도 큰 이치를 터득할 수 있는 법이야. 그래서 박지원은 돌덩이 한 조각으로도 천하의 대세를 엿볼 수 있다고 했거든. 예를 들면, 천하가 어지러울 때에는 길거리에 값비싼 구슬이나 옥이 굴러다닌다 해도 그저 목숨을 구하기 바빠서 눈길 한 번 주기 어렵지만, 천하가 태평스럽게 되면 그것들을 보물이라 귀하게 여겨서 일삼아 찾게 되고 심지어는 무덤까지 파헤쳐서 얻으려 한다는 거야.

티베트 불교도 바로 그런 예야.

박지원은 황교에 대해 자세히 물어서 답을 얻어 냈는데 아주 기이하고 황당한 내용들이지.

내가 찰십륜포(판첸 라마가 거처하는 티베트 불교 사원)에서 먼저 돌아오자 지정(학성)이 맞이하면서 물었다.

"선생님께서 조금 전 만나본 활불(活佛, '살아 있는 부처'라는 뜻으로 판첸 라마를 가리킴)의 모습이 어떻습니까?"

내가 물었다.

"공께서는 아직 못 보셨습니까?"

지정이 대답했다.

"활불은 깊고 엄숙한 데 계셔서 사람마다 다 볼 수가 없답니다. 더구나 신통한 술법을 가져서 사람의 오장육부를 속속들이 살펴본답니다. 그 곁에 보물 거울을 걸어 두는데 사람이 음란한 마음을 먹으면 꼭 푸른빛으로 비치고, 탐욕이나 도둑질할 마음을 먹으면 꼭 검은빛으로 비치며, 위험하고 엉큼한 마음을 먹으면 꼭 흰 빛으로 비치고, 충성과 효도하는 마음을 먹고 온 마음으로 부처님을 공경하는 사람이 올 때만 꼭 붉은빛 아지랑이에 누런 빛깔로 비쳐 상서로운 구름처럼 거울에 서린답니다. 이 다섯 색깔 거울이야말로 정말 두려운 것이지요."

내가 말했다.

"이것은 아마도 진시황이 가지고 있었다는, 사람의 마음속을 비춰 보는 거울인 조담경(照膽鏡)을 본떠서 이야기를 신통하게 꾸민 것 같습니다. 그러나 조담경 또한 정통 역사책에 전하는 것이 아닌데 어떻게 충분히 믿을 수 있겠습니까?"

지정이 물었다.

"벽에 그 거울이 없었습니까?"(「황교문답」)

이 광경을 상상해 보면 참 희한한 느낌이 들어. 우선, 정작 중국에 사는 중국인은 활불을 못 보고 사신으로 온 외국인은 보았지. 사신이 황제께 인사를 올리는 과정에서 보게 된 것이었지만. 우리 주변만 봐도 외국에서 관광을 오거나 지방에서 서울 여행을 온 사람들 중에 남산 타워에 가 본다든지 한강 유람선을 타는 일은 흔하지만 서울에 사는 사람들은 그러기가 쉽지 않지. 늘 멀리서 바라보고, 차를 타고 가다 한강에 떠 있는 모양을 보는 거야. 그래서 너무도 친숙하고 잘 아는 것이라 생각하여 별 신경을 안 쓰기 마련인데, 그러다 보니 막상 자세히 말해 달라는 부탁을 받으면 별로 해 줄 말도 없어. 그래서 어렴풋이 보았거나 남들에게 들은 이야기를 해 줄 수밖에 없지.

여기에서도 마찬가지야. 한 번도 활불을 보지 못했다는 중국인이 실제로 활불을 보고 나온 박지원에게 묻는데, 어찌 된 것이 가 본 사람보다 안 가 본 사람이 더 많이 알고 있는 것 같잖아. 대개 '믿거나 말거나' 수준의 이야기지만, 활불에게 신통한 거울이 하나 있어서 그 거울을 비추면 비쳐지는 사람의 심성에 따라 다른 색깔로 나타나게 된다는 거야. 누구든지 판첸 라마 앞에 서게 되면 제 실체를 감출 수 없게 될 테니, 그 앞에 서는 일이 얼마나 두렵겠어?

그냥 믿는 사람과 속을 캐 보는 사람

그러나 합리적으로 생각할 때 그런 거울은 세상에 있을 수가 없어. 거울은 예로부터 귀한 것이어서 보통 사람들은 갖기 어려웠어. 지금처럼 유리 뒷면에 특별한 물질을 얇게 바르는 방식이 개발되기 전까지는 보통 사람이 갖기 어려운 귀한 물건이었고 크기도 겨우 얼굴이나 비출 만큼 작았거든. 그래서 거울에 대한 신비로운 이야기들이 많이 퍼져 있기도 하지. 백설 공주의 계모가 가지고 있던 거울처럼 말이야. 지정은 바로 그런 신기한 거울에 대한 이야기 중 하나가 판첸 라마를 주인공으로 해서 탈바꿈한 상황을 그대로 받아들인 거겠지.

하지만 박지원은 달랐어. 그런 황당한 이야기를 사실로 믿는 것을 딱하게 여겼던 것 같아. 다만, 그런 이야기는 먼 옛날 진나라를 처음 세워 세상을 호령했던 진시황의 조담경이라는 거울 이야기를 모방하여 퍼져 나간 것일 뿐임을 직감했어.

아무튼 이 판첸 라마와 관련해서는 그런 믿기 어려운 황당한 이야기의 연속이야. 가령 판첸 라마에게 인사를 할 때 모자를 벗고 머리를 조아리면 손으로 이마를 만져 주는데 그때 그가 웃으면 큰 복을 받고, 그가 눈을 감으면 사람들이 벌벌 떤다는 식의 영험함이 강조되는 거야. 또, 판첸 라마가 이곳으로 올 때 신령스러운 나무를 한 그루 가져왔다고 해. '천자만년수'라는 것으로 나무의 모양이 '천자 만년'을 나타내고 있는데, 『장자』라는 책에 나오는 3천 년을 봄으로 삼고 3천 년을 가을로 삼는다는 신기한 나무가 바로 그것이라는 거야.

이쯤 되면 상식이 있는 사람이라면 의심을 해 볼 만한 여지가 충분하지? 남을 믿지 못해서가 아니라 '합리적인 의심'이 드는 거야. 그러나 정작 본 사람보다 안 본 사람의 확신이 더 강했어. 예를 들어 판첸 라마가 10개국 언어에 능통하다고 했는데, 정작 조선 사신들이 갔을 때는 조선말을 알아듣지 못했지. 그래서 중국어로 통역한 것을 다시 티베트 어로 통역해서 겨우 소통이 되었어. 박지원은 그러한 점을 들어서 거짓이라고 이야기했지만, 지정은 비록 10개국 언어에 능통하더라도 즉석에서 뜻을 바로 통할 수는 없었을 거라며 수긍하려 들지 않았지. 천자만년수라는 것도, 글자 그대로 풀자면 천자, 곧 중국의 황제가 만년을 산다는 뜻이겠으니 청나라에 아부하려는 사람들이 꾸며 낸 이야기에 불과할 거야.

현기야, 어떤 책에서 "여행에서 돌아온 사람은 거짓말을 해도 좋다."는 구절을 읽은 일이 있어. 그 말은, 누구나 여행을 하고 오면 얼마간 거짓말을 할 수밖에 없다는 뜻일 거야. 여행하면서 본 것을 자랑하고 싶은 마음에 허풍을 떨 수도 있지만, 잠깐의 여행에서 피상적으로 파악한 것이라 실상을 잘 모르면서 이야기하다 보면 거짓이 섞일 수밖에 없는 법이지.

박지원은 여기서도 합리적으로 판단하여 사실과 사실이 아닌 것을 가려내고, 사소한 것을 통해서도 그 속에 담긴 중대한 문제를 끄집어내고 있구나. 그러니 세상에는 아마도 두 종류의 사람이 있을 것 같다. 황제가 열하로 갔으니 열하로 가기만 하는 사람과 황제가 그 어려운 걸음을 했다면 왜 그랬을까를 헤아리려 애쓰기까지 하는 사람! 만약 후자와 같은 사람이라면 어느 한 곳에 있으면서도 그 주변까지 미루어 헤아릴 수 있겠고, 한 나라를 여행하면 주변의 여러 나라까지 함께 여행하는 셈이겠구나. 거꾸로 전자와 같은 사람이라면 여러 나라를 두루 보아도 한 나라 사정도 알기 어렵겠고 말이지.

가 본 사람보다
안 가 본 사람이 말이 더 많다.
무턱대고 믿지 말고
내 눈으로 직접 확인하자!

이래서 여행이 꼭 필요함.
특히 한 살이라도 어릴 때!!

혼자 묻고 혼자 답하기?

한문학은 시와 문으로 나뉘는데, 문은 바로 산문을 말합니다. 산문 가운데 자기 의견을 논리적으로 펼치는 글을 중요하게 여겼습니다. 그러나 지금도 그렇지만 논리적인 글을 쓴다는 것은 매우 어려운 일이며 사람들이 읽어내기도 쉽지 않습니다. 그래서 읽는 사람의 시각이나 눈높이에 맞추어 좀 더 편안하게 글을 쓰는 방식으로 개발된 게 바로 문답 형식입니다. 지금 여러분이 읽고 있는 〈더 궁금해?〉도 어쩌면 이런 문답 형식에서 따온 것이겠습니다. 학생이 궁금해할 만한 내용의 물음을 던지고 거기에 대해 답을 하는 형식이니까요.

교과서에 실려서 누구나 아는 고려 후기 이규보의 「경설」 같은 작품은 문답 형식을 잘 보여 줍니다. 여기에는 거울을 뿌옇게 해 놓고 쓰는 주인인 거사와 거기에 의문을 갖는 손님이 등장합니다. 손님은 주인이 그리는 게 부당하다며 상식선의 논의를 펼치고, 주인은 어려운 세태를 들어 자신이 옳다는 걸 입증해 나갑니다. 이렇게 글쓴이의 주장과 의견을 대변하는 사람[주인]과 그에 반대되는 사람[손님]이 묻고 답하는 가운데 본래 드러내고자 하는 주제를 좀 더 쉽고 분명하게 해 주지요.

박지원에게 큰 영향을 준 인물을 꼽으라면 홍대용을 빼놓을 수 없는

데요, 그가 쓴 『의산문답』이 그 좋은 예입니다. 조선의 선비 허자가 만주 땅에 있는 의무려산에 숨어 지내던 실옹을 만나서 토론을 벌이는 내용이지요. 허자의 '허(虛)'는 비었다는 말이고 실옹의 '실(實)'은 가득 찼다는 말이니까 논의가 어떻게 진행될지는 알 수 있겠지요? 여기에서는 홍대용이 1766년에 청나라를 다녀온 경험을 토대로 새롭게 접한 서양 과학 지식 등을 정리하고 있습니다. 박지원이 청나라의 여러 학자들과 만나 대화를 나눈 기록이나 「황교문답」 또한 이런 맥락에서 파악해 볼 수 있습니다.

여러분도 이런 글을 써 보고 싶으세요? 그럼 당장 오늘 수업 시간에 배운 과목 중 하나를 골라 그 내용을 문답으로 정리해 보세요. 수업 시간에 조느라 그 내용을 하나도 모르는 '너꾸벅'과 예습 복습은 물론 수업 시간에도 초집중의 신공을 보이는 '나열공'의 대화로 꾸며 보는 겁니다.

일곱째 구경

나라 밖에서 우리나라 들여다보기

휠~ 가오리가 필담을 나누고 있어.

중국에선 가례만을 따르지 안동소만, 귀국의 아름다움에 대해 들려주시겠소?

조선은 관혼상제 모두 주자의 가례를 따릅니다.

곡정, 우리 나라의 아름다움을 들어 볼래? 비록, 바다 한쪽 구석에 있지만…

一. 유교 숭상

뿌잉~ 뿌잉~

나? 산타아니고 공자야!

二. 홍수날 염려 없음

산이 많음.

히.

산넘어 산이로다.

三. 소금과 생선 풍부

서해

남해

동해

四. 여자가 두 남편을 섬기지 않음

열녀 이옵니다.

곱창 먹자♡

세 가지 물고기가 되다

현기야, '타산지석(他山之石)'이라는 말을 알지? 그래, 글자 그대로 풀면 '남의 산의 돌'이라는 뜻이지. 예전에는 돌 가운데 옥을 가장 귀하게 여겼는데, 남의 산에 있는 하찮은 돌이라도 나의 옥을 다듬는 숫돌로 쓸 수 있다는 말이야. 필요한 것이 모두 제 안에 있어서 자체 해결되면 좋겠지만 그러기는 쉽지 않지. 남들에게 있는 것을 가져다 제 것을 좋게 다듬는 데 쓸 수 있다면 그것도 다행스러운 일이야. 상대에게는 별로 귀한 게 아니더라도 그것을 통해 내 것의 가치를 높일 만한 걸 찾아낸다면 그만한 이익이 없을 거야. 남이 가진 낯선 것들로 자기 것을 다시 보고, 또 가다듬을 수 있지.

그렇다면 외국에 나가면 가장 낯선 게 무엇일까? 뭐니 뭐니 해도 언어겠지. 같은 나라에서도 지역이 달라지면 그곳 사투리만 들어도 이상한 느낌이 들곤 하니까 말해 무엇하겠어. 박지원도 그랬지. 한문을 잘하던 그였지만 한문은 오래된 중국 글을 우리 음으로 읽는 식이어서 중국 사람들과 말로 소통하는 데에는 큰 도움이 못 되었어. 게다가 청나라는 만주족이 지배했으니 중간중간 만주어까지 끼어들어서 참 난감했겠지. 어떤 상황이었냐고?

사신을 따라 중국에 들어가면 꼭 사람마다 부르는 명칭이 있다. 통역관은 '종사'라고 하며, 군관은 '비장'이라고 하고, 나처럼 한가하게 유람하는 사람은 '반당'이라고 한다. 한문으로 '소어(蘇魚)'라는 물고기를 우리나라 말에는 반[밴]댕이라고 하는데 반당이의 '반'과 반당의 '반'은 그 음이 같다. 압록강을 건너고 나면 소위 반당은 은빛 모자 끝에 푸른 깃털을 꽂고 짧은 소매에 가벼운 차림으로 나서는데, 길가 구경꾼들이 '새우'라고 한다. 어째서 새우라고 하는지는 몰라도 무관들을 부르는 별호 같았다. 시골 마을을 지날 때면 아이들이 떼로 몰려들어 "가오리 라이, 가오리 라이.('라이'는 '온다(來)'는 뜻의 중국어)"라고 하는데, 더러는 말꽁무니를 따라오면서까지 그렇게 시끄럽게 군다. "가오리 라이"는 '고려가 온다'는 뜻이다.

나는 일행에게 웃으며 말했다.

"세 가지 물고기로 변했군 그래."

그러자 일행이 세 가지 물고기가 무엇이냐고 물었다. 내가 대답했다.

"우리나라 길가에서는 '반당'이라고 하니 반댕이고, 강 건너 중국에서는 '새우'라고 하니 새우도 물고기 족속이며, 되놈 애들은 '가오리'라고 하니 홍어가 아닌가 말일세."

사람들이 다들 크게 웃었다.(「피서록」)

조선 땅에서는
방귀깨나 뀌는 양반인데
나라 밖으로 나오니
내 위치가 어떤지 잘 알겠네…

「피서록」은 황제가 갔던 열하의 피서산장에서 보고 들은 내용을
적은 글이야. 힘겹게 열하에까지 와서 한숨 돌리게 되었으니 여유가
생겨 이런 농담들이 오갔어.

박지원이 맡은 정식 직함은 '자제 군관(子弟軍官)'이었어. 실제 군
관 역할을 한 것은 아니고 사신의 자제나 친인척 가운데 선발하여
견문을 넓힐 기회를 주는 일종의 특혜였어. 마침 박지원의 팔촌 형
인 박명원이 사신단의 우두머리인 정사를 맡게 되어, 박지원에게 기
회가 주어진 거야. 박명원은 영조 임금의 사위로, 당시 정조 임금의
고모부였으니까 그럴 만한 힘이 있었지.

덕분에 박지원에게 그런 좋은 기회가 왔는데, 그렇게 따라가는 사
람을 '반당(伴當)'이라 했다는 거야. 그런데 이 '반당'에서 박지원은
'밴댕이'를 생각해 냈어. 밴댕이는 고급 생선이 못 돼. 젓갈이나 담

가 먹는 것으로, 속이 좁은 사람을 '밴댕이 소갈머리'라고 낮추어 부를 때나 등장하지. 비록 양반이지만 공식 업무를 수행하지 못하고 곁다리로 따라가는 신세를 그렇게 표현한 거야. 물론 그 덕에 좀 여유롭게 견문을 넓혀서『열하일기』같은 멋진 여행기를 남길 수도 있었겠지만, 박지원 입장에서 보면 좀 씁쓸한 일이겠지.

아무튼 그 다음으로는 '새우'가 되었다고 했는데, 왜 새우라고 했는지에 대해서는 말들이 많아. 이 글을 쓴 박지원도 잘 모르겠다고 했으니까 확인하기가 쉽지 않지. 어쨌거나 원문에 보면 새우라는 뜻의 한자 '蝦(하)'로 되어 있는데, 이 글자의 중국어 음은 '시아'야. 중국 사람들이 그렇게 부르는 것을 우리말 '새우'처럼 들은 것일지도 몰라. 어떤 사람은 새우가 겉껍질이 딱딱한 동물이니까 무관들의 차림새를 빗댄 별명일 거라고도 하고, 또 어떤 사람은 그 '시아'라는 소리가 만주어로 제복을 입은 무관을 뜻하기 때문에 중국어가 아닌 만주어였을 거라고도 해. 또 어떤 사람은 높은 사람을 모시면서 호위하는 일을 뜻하는 '시위(侍衛)'에 해당하는 중국어 소리가 그렇게 들렸을 것이라고 추측하기도 하지.

그 가운데 어느 쪽이 맞는지 판단하기는 어려워도 어느 쪽이든 무관과 연관된 말임은 분명해. 여기에서 다시 한 번 박지원의 신세를 생각하게 돼. 박지원은 비록 벼슬이 없었지만 무관이 아니라 문관이었어. 이 역시 자기 자리가 아닌 데서 오는 비애가 서려 있는 대목이야.

끝으로, 가오리라고 불렀다고 했어. 특별히 시골 마을의 보통 사람들, 그것도 조선에서는 되놈이라고 비하할 만한 보잘것없는 사람들, 또 그중에서도 어린아이들이 따라다니며 '가오리'라고 한다고 했어. 그것은 '고려'의 중국 발음에서 나온 것이야. 중국에는 '고려보'라는 곳이 있었는데 거기는 우리나라 사람들이 포로로 끌려갔다가 정착한 마을이야. 그러니까 저런 시골 아이들까지 '가오리'라고 놀려 대는 구경거리가 되고 보면 조선인으로서 얼마나 마음이 상했을까 싶어.

박지원은 자신이 그렇게 세 가지 물고기로 불리는 상황을 유머로 승화시켰어. 스스로를 비웃는 느낌이 강하지만, 자기 위치를 분명히 하고 있는 거야. 박지원이 여행에 임하는 자세를 엿볼 수 있는 대목이기도 하지. 곁에 있던 사람들이 모두들 웃었다고 했는데, 박지원의 그런 속내까지 아는 사람들은 얼마나 되었을까 몰라.

조선의 네 가지 아름다운 점

박지원은 중국 학자들과 필담을 통한 토론을 즐겼는데, 그러다 보면 상대방 나라에 대한 관심이 커질 수밖에 없어. 당연히 상대국 사정에 대해 서로 이야기하게 되지.

곡정(왕민호)이 우리나라 과거 제도와 그 시험 치는 법, 사용하는 문자 등에 대해 물어서 간단하게 추려서 일러 주었다. 그러자 다시 혼인 제도에 대해 물었다. 내가 "관혼상제는 모두 주자의 『가례(家禮)』를 따릅니다."라고 했다. 곡정은 "『가례』는 주자가 지었다고들 합니다만 완성시키지 못한 책이어서 중국에서는 『가례』만을 따르지는 않습니다."라고 했다.

　　곡정이 "귀국의 아름다운 점 몇 가지를 들려주시면 좋겠습니다."라고 했다. 그래서 내가 말했다.

　　"우리나라가 비록 바다 한쪽 구석에 있지만 네 가지 아름다운 점이 있습니다. 나라 풍속에 유교를 숭상하는 것이 그 첫 번째 아름다운 점입니다. 나라 땅에 황하처럼 홍수 날 염려가 없는 것이 그 두 번째 아름다운 점입니다. 소금과 생선을 다른 나라에서 빌릴 필요가 없는 것이 그 세 번째 아름다운 점입니다. 여자가 두 남편을 섬기지 않는 것이 그 네 번째 아름다운 점입니다."

　　그러자 지정(학성)이 곡정을 돌아보며 무언가 이야기를 나누더니 곡정이 "참으로 좋은 나라입니다."라고 했다. 지정이 물었다. "여자가 두 남편을 섬기지 않는다고 했는데, 온 나라 모두 그렇게 할 수 있습니까?"(「태학유관록」 8월 10일)

박지원이 열하에 와서 묵은 숙소가 태학관이었어. 요즘 말로 하면

국립 대학생들이 숙식하며 공부하는 곳이야. 거기에서 묵으면서 쓴 기록이 「태학유관록」인데, 학자들이 모였으니 관심 가는 것은 뻔하지. 학생들이 모이면 다른 학교 기말고사 이야기를 하는 것처럼, 선비들이 모였으니 상대편 나라의 과거 제도 등에 대해 물었겠지.

그런데 현기야, 여기서 좀 이상한 게 있구나. 누구든 글을 쓸 때, 관심이 가는 쪽을 더 길고 자세하게 쓰는 법이거든. 과거 제도나 시험 답안 등에 대해 분명히 말을 주고받았지만 박지원은 그 구체적인 내용은 생략한 채 곧바로 혼인 제도로 옮겨 가고 있어. 박지원이 더 관심 있게 다루고 싶은 영역은 오히려 보통 사람들의 일상이었던 거지. 그래서 혼인 제도를 제일 먼저 들고 나왔어.

여기에서도 신기한 일이 벌어져. 우리나라의 예법은 모두 중국 송나라 때의 주자가 지었다는 『가례』라는 책을 따르는데 정작 중국에서는 그렇지 않았어. 실제로 『가례』는 주자가 다 지은 것인지, 주자가 죽은 뒤 다른 사람이 손을 댄 것인지 확인하기 어려울 만큼 복잡한 책이야. 생각해 보렴, 우리가 귀한 것이라고 수입해다 쓰는데 정작 그 나라에 가 보니까 그걸 대수롭지 않게 여긴다면 어떻겠어? 게다가 거기에서 제시한 예법 때문에 이게 옳으니 저게 옳으니 하며 우리나라가 시끄럽다면 더 당혹스럽겠지. 박지원은 바로 그런 점을 헤집고 들어갔어.

그런데 박지원이 든 조선의 좋은 점 네 가지를 잘 들여다보면, 앞의 세 가지는 아주 객관적인 사실로 누구나 부인할 수 없는 사실이야. 그런데 맨 뒤에 여자는 한 번 결혼하면 절대로 재혼을 하지 않는다는 점을 슬쩍 포함시켜 놓았어. 문제점이 부각되도록 말이지.

여자의 재혼 금지는 문제가 많은 예법이야. 남자는 세 번이고 네 번이고 결혼할 수 있는 데 비해, 여자는 일단 약혼이라도 한 사람이라면 어떤 문제가 있어도 그 사람하고만 살아야 하고, 그 사람이 먼저 죽어도 혼자 살아야 하는 거니까. 그런데 조선에서는 여성들은 경제 활동은커녕 집 밖의 사회 활동마저 제한되기 때문에 혼자서는 먹고 살아가기도 힘들었지. 박지원은 그런 불합리한 제도에 대해 비판하는 소설 「열녀함양박씨전」을 썼을 정도로 그 문제에 대해 특별한 관심을 두고 있었어. 그렇지만 조선 사람들은 그것을 철칙으로 믿고 있었기 때문에 섣불리 비판하기는 어려웠을 테고, 이렇게 중국 학자의 입을 빌려서 그 부당함을 우회적으로 말하고 있는 거야.

그러나 이런 식으로만 문제를 몰아가면 조선은 비합리적인 데 비해 중국은 합리적이며, 중국은 선진국인데 조선은 후진국이라는 이상한 결론에 이를 위험이 있어. 지금도 선진국이라는 데를 다녀온 사람들이 종종 범하는 잘못이기도 한데, 박지원은 달랐어. 그는 조선인의 눈으로 볼 때 정말 이상한 중국인 풍습을 슬쩍 건드려 주었어. 그게 뭐냐면 바로 '전족'이라는 거야. 여자의 발을 어릴 때부터 꽁꽁 묶어서 크지 못하게 만드는 거 말이야. 작은 헝겊을 발에 동여

매고 엄지발가락 이외의 발가락을 접어서 묶어 두면, 발 길이가 겨우 십 센티미터 정도밖에 안 되게 자라거든. 왜 그런 희한한 풍속이 생겼는지는 여러 말들이 많지만, 여성의 행동반경을 좁혀 놓는 것이면서 그렇게 작은 발로 기우뚱기리며 걷는 모습을 남성들이 즐겼던 것 같아. 우리나라에서 여성들의 개가를 막는 것이나 크게 다르지 않은 악습이지. 박지원이 그 문제를 건드리자 중국 학자들 또한 그것을 몹시 부끄러워했어. 이로써 각 나라의 문제를 하나씩 들어 서로의 타산지석으로 삼은 거지.

귀국에도 황제가 있겠지요?

그렇게 다른 나라 사람의 시각으로 보면 새롭게 얻어 낼 게 많아. 하루는 어떤 사람이 박지원의 숙소에 찾아와서 자신이 모시는 어른이 박지원을 뵙기를 원한다는 거야. 그런 심부름을 온 사람이면 그리 지체가 높을 리 없지만, 오히려 그런 사람이 보통 중국 사람들의 시각을 잘 드러낼 수 있어.

루일왕이 또 물었다.
"귀국 황제의 연호는 무엇입니까?"
내가 되물었다.

“무슨 말씀이신지요?”

루가 말했다.

“황제께서 즉위하던 해를 원년으로 하여 헤아리는 그 연호 말입니다.”

내가 대답했다.

“작은 나라가 중국을 섬겨 그 연호를 쓰는데 따로 연호가 있을 리가요. 올해가 건륭 45년입니다만.”

루가 말했다.

“귀국의 임금이 중국과 대등한 천자가 아닙니까?”

내가 대답했다.

“온 나라들이 한 황제를 받들고, 천지가 대(大)청나라의 것이며, 해와 달도 다 건륭의 것입니다.”

그가 말했다.

“그렇다면 ‘관영’이니 ‘상평’이니 하는 연호는 어디에서 나온 것입니까?”

내가 물었다.

“무슨 말씀이십니까?”

그가 말했다.

“제가 바다에서 표류해 온 귀국의 배를 본 일이 있는데 ‘관영 통보’라는 엽전을 잔뜩 싣고 있었습니다.”

조선이 무엇이 부족해서
독자적 연호를
쓰지 못합니까?

내가 말했다.

"그 '관영'이란 연호는 일본이 분에 넘치게 멋대로 쓴 것일 뿐, 우리나라의 연호가 아닙니다."

그러자 루가 고개를 끄덕였다. 내가 루의 행동거지와 말하는 투를 자세히 살펴보니 겉모습은 넉넉하고 맑아 보이지만 어딘가 모르게 무식해 보였다. 처음에 따지듯 물어 온 것도 깊은 뜻이 있어서도 아니며, 다른 나라의 화폐는 중국에서 금하는 것이기는 해도 루가 그걸 캐내려는 것도 아니었다. 그는 그저 우리나라가 정말 천자가 있는 나라인 줄 알고 있어서 현재 사용하는 연호를 물었던 것뿐이다. '귀국 황제'라고 한마디 한 것으로써 그의 무식함은 이미 다 드러났다. 그러나 비록 루가 '관영'이나 '상평'이 우리나라 연호인 줄로 알기는 했지만, 각 나라에서 자기 나라의 연호를 쓰는 행위를 분에 넘치게 멋대로 쓰는 것이라 여기는

것 같지는 않았다.(「태학유관록」8월 14일)

심부름 온 루일왕이 물은 것이 '귀국 황제'에 대한 거야. 박지원은 그 말을 듣고 깜짝 놀라는데 이 부분에 대해서는 설명이 좀 필요해. 현기도 잘 알겠지만 왕보다 높은 사람이 황제잖아. 황제 아래 여러 왕들이 있는 거니까. 조선은 으레 '왕'이라고 하고, 그 위의 황제는 중국에나 있는 것으로 여겨 오곤 했어. 물론, 아주 옛날에는 고구려를 세운 '동명성제'처럼 황제라고 칭한 예도 있지만 일반적이지는 않았어.

그래서 우리나라는 임금이 즉위한 해에 붙이는 칭호인 연호를 독자적으로 쓰지도 못했어. 박지원이 중국에 갔을 당시에는 청나라의 건륭 황제가 다스릴 때였는데, 조선은 '건륭 ○년'이라는 식의 연호를 썼지. 조선의 왕이 누가 되든 공식적인 연호는 중국을 따랐단 말이야. 그런데 루일왕은 그런 사정을 모르고 조선에서는 어떤 연호를 쓰느냐고 물었어. 조선이 독자적인 연호를 쓰는 나라가 아니라는 사실을 모를 만큼 무식했기에 가능한 질문이었지. 그러나 가만 보면, 그것이 바로 보통의 중국인들이 생각하는 조선이기도 했어. 조선 정도의 나라라면, 특히 독자적으로 발달한 문화가 있는 나라라면 충분히 그럼직했거든.

실제로 중국 주변의 여러 나라들이 제 나라를 통치하는 사람을 일컬어서 황제라고 했고, 당연히 독자적인 연호를 쓰기도 했어. 일본이 '관영'이라는 연호를 쓰면서 관영통보라는 엽전을 만든 것처럼 말이지. 베트남도 스스로 황제라고 칭했던 걸 생각해 보면 도리어 조선이 그러지 못한 것이 이상할 정도지. 어쨌거나 우리나라 상평청에서 발행한 화폐가 상평통보인 것을 모르고 상평을 연호로 오인하는 걸 보면서, 박지원 또한 연호를 독자적으로 쓰는 행위가 '분에 넘치게 멋대로 쓰는 것'이라 여길 필요가 없다고 생각했을 거야.

만일 조선에서 조선도 왕이라 하지 말고 황제로 격상하자거나, 중국과는 다른 독자적인 연호를 사용해 보자는 논의를 했더라면 그 말이 밖으로 새 나오기도 전에 역적으로 몰려서 죽어 나갔을 판이지만, 막상 중국에 가 보니 그곳에 사는 사람들은 태연하게 조선의 연호가 무엇이냐고 물어오니 박지원은 그런 일을 겪으면서 감회가 남달랐던 것 같아.

음악에 빠져 양고기를 잊어버리다

박지원이 겪은 일들은 큰 나라 주변의 작은 나라 백성의 아픔 같은 것일 텐데, 음악을 둘러싸고도 엇비슷한 일이 벌어졌어.

형산(윤가전)이 말했다.
"조선의 음악은 어떻습니까? 혹시 신령스러운 어떤 사람이 임금의 스승이 되어 온 마음과 정신을 다 쏟아 만들었는지, 아니면 중국 것을 모방하였는지요? 종묘에 지내는 제사나 산천에 올리는 제사에도 다 음악을 사용하였습니까? 또 춤을 추면 사람들이 몇 줄로 섭니까?"

내가 말했다.

"우리나라 삼국 시대에는 음악이 없지는 않았습니다만 모두 우리나라에서 전해 오던 향악이었습니다. 당나라 중종 무렵에는 신라 음악을 맡은 악부가 있었지요. 또 측천무후 시절에는 양재사라는 사람이 자줏빛 도포를 입고 고구려 춤을 추었다는데, 모르긴 해도 속된 것으로 우아하지 못했을 것 같습니다. 송나라 휘종 때에는 우리나라에 대성악을 내려 주었다고 전해지는데, 너무 오랜 일이라 검증할 수 없습니다. 명나라 태조 때에는 우리나라에 여덟 종류의 악기를 내려 주었고, 춤은 여섯 명이 여섯 줄씩의 대열로 36명이 추는 6일무를 추게 하여 선왕들의 제사를 지내는 법도가 갖추어졌답니다.

사용하는 악기들은 처음에는 중국에서 들어왔지만 나중에는 우리나라에서 본떠서 만든 것이 많습니다. 그러나 우리나라 향악은 잘못 전해지기 쉽고, 옛날에 만들어진 음률은 그 표준을 잡기가 어려웠지요. 돌아가신 세종 대왕께서는 성스러운 덕을 가지고 계셨는데, 상서로운 검은 기장과 옥돌을 얻어 아악을 제정

157

했습니다. 그렇지만 당시 중국의 악기가 옛 음에 맞는 것인지, 또 우리나라에서 난 기장 알갱이로 표준을 삼은 것이 옛날 기록에 전하는 것과 틀림없는지 잘 모르겠습니다."(「망양록」)

「망양록」은 '양을 잊은 기록'이라는 뜻이야. 중국인이 박지원을 위해 양을 한 마리 통으로 삶아서 준비했는데 음악에 대해 토론하느라 그만 깜빡 잊어버리는 바람에 다 식어 버렸다고 해. 실제로 이 「망양록」에서는 음악에 대한 논의가 집중적으로 나오지.

자, 여기에서 핵심 토론 사항이 뭐지? 그래, 대체 조선의 음악은 조선의 독자적인 것인가, 아니면 중국에서 들여와 모방한 것인가였어. 박지원은 마치 준비된 질문에 답을 하듯 제 생각을 줄줄이 쏟아 내고 있어. 중국의 음악이 들어오기 이전인 삼국 시대까지만 해도 우리나라 음악인 향악이 중심이었는데, 중국 음악이 들어오면서는 변화되었어. 춤만 해도 그래. 중국에는 본래 누군가의 앞에서 의식을 치르는 춤을 출 때, 등급이 정해져 있었어. 예를 들어 황제 앞에서는 '8일무'라고 해서, 한 줄에 여덟 명씩 여덟 줄로 늘어서서 8×8=64, 곧 64명의 무용수들이 춤을 추는 거였지. 그 아래 등급인 제후 앞에서는 6일무를 추어서, 6×6=36, 곧 36명이 추었고 말이지. 그런데 우리나라는 황제의 나라가 아닌 왕이 다스리는 제후의 나라니까 6일무를 추었어.

박지원은 그런 상황을 쭉 설명하는데, 마지막에 힘주어 강조하는 대목은 세종 대왕 때의 주체적인 노력이었지. 세종 대왕은 문화 창달에 크게 이바지한 분으로, 박연 같은 사람을 시켜서 우리나라 음악을 제대로 정비하도록 했어. 그런데 표준음을 잡는 것이 문제였어. 지금이야 디지털화된 조율기가 있으니까 어떤 악기든 제 음으로 맞출 수 있지만 예전에는 그런 표준화된 기계도 없고 녹음기도 없었으니 감에 의지할 수밖에 없었거든.

이때 표준음을 맞추기 위해서 사용한 것이 바로 '율관'이었어. 대나무로 만든 원통형의 관이었지. 파이프 오르간을 보면 알겠지만, 관악기의 소리는 관의 길이에 따라 음이 달라지는데 이 길이를 재는 기준이 바로 중국에서 나는 검은 기장이었어. 기장 한 알이 1푼이고, 기장 열 개를 세로로 세우면 1치가 되며, 9치 길이에 해당하는 음이 기본음을 내는 율관의 길이가 된다는 식으로 말이야.

그러나 조선에서는 중국 기장과 똑같은 걸 구하기도 어려웠고, 종자를 구해서 수확을 해도 역시 같은 크기가 아니어서 음에는 차이가 있을 수밖에 없었지. 실제로 비교해 보았더니 우리 음이 더 높았다고 해. 중국에서도 시대마다 표준음이 달랐다고 하니, 결국 우리에게는 우리의 음이 있을 수밖에 없는 거야. 그래서 위와 같은 대화가 오간 뒤에 중국 학자들은 조선의 음악이 중국과 다른 것을 알고는 어떻게 다른지 계속 물어보고 박지원은 쉼 없이 대답하고 있어.

그렇게 외국 사람들을 만나서 서로 같고 다른 점을 이야기한 뒤에라야, 자기 것이 무엇인지 좀 더 명확해지는 거야. 나는 문학을 연구하는 사람이라 우리나라 소설을 보기만 할 때는 전혀 이상하지 않아. 그런데 외국 사람이 이렇게 묻는다고 해 봐. "한국 소설에는 왜 그렇게 역사 소설이 많습니까?" 이럴 때 참 답답하지. 우리나라 소설에만 특히 역사 소설이 많은지를 파악하려면 다른 나라 소설들을 쭉 꿰고 있어야 한단 말이야. 그래야 다른 나라에 비교해서 어느 정도 많은지 알 수 있을 테니까. 다음으로는 언제부터 역사 소설이 그렇게 많아졌는지, 사람들은 왜 역사 소설에 그렇게 빠져드는지 알

고구려의 기상, 세종대왕의 애민,
삼국시대부터 내려온 고유의 음악…
아, 어찌해서 지금 사대주의에 빠져 있단 말인가!

이래서 제대로 된 역사 교육이 필요함.

땡큐~~ 곡정.
근데 배고파.

아야만 해. 그러려면 참으로 많은 공부를 해야 하는 거지.

지난여름에 폴란드와 체코를 여행했는데, 가 보고 깜짝 놀란 일이 있어. 그런 나라들은 그냥 '동유럽'이라고 해서 유럽의 동쪽에 있는 줄로만 알았는데 막상 가 보니까 유럽의 한가운데 있는 '중유럽'인 거야. 실제로 그곳 사람들도 동유럽이라는 말을 싫어한다고 해. 동서가 냉전을 벌일 때 어쩌다가 동쪽으로 편입되는 바람에 그렇게 분류가 되었고, 그러다 보니 동유럽이라는 딱지를 떼기가 힘든 사정이 있었던 거야. 거기에서 문득, 오랫동안 세상의 중심이라고 당당히 말하지 못하고 늘 중국의 동쪽이라고만 했던 우리나라의 처지가 생각났어. 거기에 대해 고민했던 박지원도 떠올랐고 말이야.

아무튼 박지원은 그냥 들어앉아서 책만 본 사람 같은데도 자연 과학 문제가 나와도 막힘이 없었고 음악에 대해서도 저렇게 훤했구나. 참 부럽지? 그래, 우리 것을 제대로 알려면 남의 것도 잘 알아야 하고, 우리의 역사도 잘 훑어 두어야 하겠구나.

박지원의 소설 세계는?

박지원은 대단한 문장가였습니다. 남긴 한시가 45수에 불과할 정도로 산문에 뛰어난 능력을 보였습니다. 산문 역시 여느 문인들과 달리 태반이 『열하일기』와 『과농소초』 같은 것으로 한문학의 전통적인 격식과는 또 다른 면모를 보입니다. 가령, 사람의 일대기에 대해 쓰는 '-전(傳)'은 오래전부터 애용해 오던 산문의 한 갈래입니다. 그러나 박지원이 남긴 「양반전」 등을 보면 '-전'이라고 이름만 붙였을 뿐 본래 있던 전의 형식과는 아주 다릅니다. 하나의 사건에 집중할 뿐 그 인물의 일대기를 써 내려가지 않는 것이지요.

박지원은 이 「양반전」 같은 전 작품을 아홉 편 남겼는데, 이것이 우리 문학사에서 매우 중요한 소설 작품들입니다.

「양반전」은 강원도 정선의 가난한 양반이 관가에 진 빚을 갚기 위해 신분이 천한 부자에게 양반을 파는 내용입니다. 양반의 허세와 문제점을 짚어 냄은 물론 신분제 사회에 뿌리박힌 모순을 드러내고 참된 양반의 모습에 대해 생각하게 해 줍니다. 「예덕선생전」은 이덕무를 모델로 한 작품으로, 주인공이 똥을 푸는 일을 하는 엄행수를 벗으로 대하는 내용입니다. 엄행수가 겉보기에는 더러운 오물을 치우는 사람이지만 그

속의 인품이 훌륭한 것을 들어 올바른 삶의 방향을 암시합니다. 「열녀
함양박씨전」은 남편이 죽은 후 재혼하지 않고 사는 과부의 어려운 삶을
통해 여자의 재혼을 금지한 사회의 관습을 비판합니다.

이 밖에도 불우한 무반으로 천부적 이야기꾼인 민옹의 낙천적인 삶
을 토대로 한 「민옹전」, 말을 사고파는 중개인을 내세워 참된 교우 관계
를 이야기하는 「마장전」, 거지의 우두머리가 되어 진실한 인간의 모습
을 지켜 내는 인물을 주인공으로 한 「광문자전」, 역관인 우상 이상조의
행적을 그린 「우상전」, 신선의 삶을 동경하여 신선처럼 살아가는 김홍
기에 대해 쓴 「김신선전」이 있으며, 자세한 내용은 없이 제목만 전해지
는 「역학대도전」도 있었다고 합니다.

이들 전 작품과 함께 『열하일기』에 나오는 「허생전」이나 「호질」 등을
함께 생각해 보면, 박지원이 생각하는 인간과 세상의 면모가 잘 드러납
니다. 겉으로만 고결한 척하며 속으로는 타락한 가짜 삶이 아니라, 신분
의 높고 낮음에 관계없이 진실 된 삶을 추구한 겁니다.

하룻밤에 아홉 번 물을 건너며

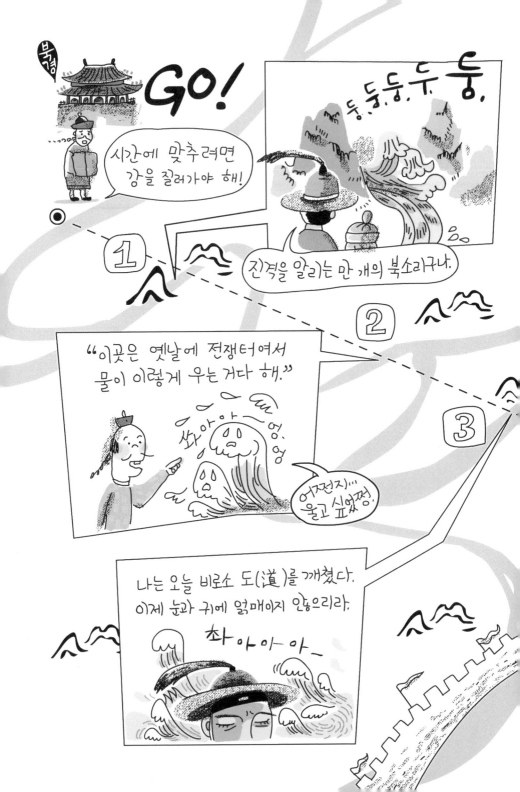

하룻밤에 왜 아홉 번씩이나?

어느새 이 책도 끝자락으로 접어드는구나. 그런데 『열하일기』도 다른 여행기와 크게 다르지 않다고 느껴지지는 않니? 어디에 갔더니 어떻더라는 식의 이야기라는 점에서 말이야. 그러나 박지원은 최고의 문장가였던 만큼 여행하면서 보고 들은 것을 기록했을 뿐만 아니라, 독립된 문학 작품으로 보아도 손색이 없을 만한 명작을 『열하일기』에 여러 편 남겨 두고 있어. 이제 살펴볼 〈일야구도하기〉가 바로 그런 작품이야.

〈일야구도하기〉는 하룻밤에 아홉 번 물을 건넌 이야기를 담은 글이야. '-기(記)'는 있었던 일을 기록한 한문 산문을 말해. 그런데, 이 제목에서 이상한 것은 왜 밤에 그렇게 물을 많이 건넜느냐는 거야. 아홉이라는 숫자는 우리 전통에서 '아주 많다'라는 뜻이지. 예를 들어 궁궐은 보안을 철저히 하기 때문에 담장을 여러 겹으로 에워싸는데 그런 궁궐을 '구중궁궐'이라고 하고, 어려운 일을 당해서 마음속이 몹시 복잡하게 꼬인 상태를 '구곡간장'이라고 해. 아홉 번이나 물을 건넜다고 강조하는 것은 그만큼 여러 번 건넜다는 뜻이겠지.

도대체 왜 그렇게 연거푸 물을 건넜을까? 나도 예전에 이 글을 처음 배울 때는 왜 그랬는지 전혀 몰랐는데, 실제로 열하에 가 보고서야 그 사정을 알게 되었어. 『열하일기』의 여정을 따라갔던 우리 일행도 조선 사신이 그랬던 것처럼 북경에서 출발하여 열하 쪽으로 갔거든. 가다 보니 물이 계속 나오는데 그 물이 직선으로 반듯하게 나 있지 않더라고. 이리 구불 저리 구불 흐르는 거지. 박지원이 갔던 당시엔 길도 제대로 안 나 있어서 물가를 따라 쭉 가려고 하면 시간이 너무 오래 걸렸겠지. 그런데 황제는 조선 사신단에게 열하로 오라는 명령을 내렸고 사신단의 입장에서는 황제의 탄신일이 코앞에 닥쳤으니 어쩌겠어. 목숨을 걸고서라도 밤이든 낮이든 물을 건너야 했던 거야.

바로 그런 상황에서 겪은 내용을 글로 쓴 것이 〈일야구도하기〉야. 이 글은 「산장잡기」라는 편에 들어 있어. 거기에는 황제가 머무는 열하의 피서산장에 가서 있었던 여러 가지 잡다한 일들이 기록되어 있지.

물이 두 산 사이에서 나와 바위에 부딪쳐 싸우는데, 그 놀란 파도와 성난 물결, 북받치는 여울과 분노하는 물줄기가 구슬피 원망하며 휘감아 돌아, 흐느끼듯 고함치듯 급하게 호령하는 것이 만리장성을 깨부술 기세다. 전차 만 대와 기마 만 필, 포 만 문, 진격을 알리는 북 만 개로도 그 무너뜨리고 뿜어 대는 소리를 이루 다 표현해 낼 수 없다.(「산장잡기」 〈일야구도하기〉)

어때? 물이 마치 살아 움직이는 것 같지 않니? 물은 그저 높은 데에서 낮은 데로 흘러갈 뿐 아무런 의지가 없잖아. 그런데도 마치 물이 무슨 특별한 의도를 가지고 움직이기라도 하는 듯이 표현하고 있어. 게다가 이 대목 전체가 온통 전쟁판에 빗대어 있어서 힘찬 기운이 느껴지지? 그냥 물이 세차게 흐른다고 쓰면 될 것을 이렇게 써서 무슨 효과를 얻을 수 있을까?

그것을 알려면 먼저 비유가 무엇인지 생각해 보면 돼. 누군가 "시간을 낭비하지 말라."고 썼다고 해 봐. 본래 시간은 돈이나 물건처럼 써서 없앨 수 있는 게 아니잖아? 그런데 누군가가 시간을 돈처럼 없어지는 것에 비유하고 있다면, 시간은 소중하게 여기지 않으면 곧 소모되고 마는 어떤 것이라는 생각을 하는 사람일 거야. 이 대목 역시 마찬가지야. 물소리를 묘사하면서 하고 많은 것을 다 제쳐 두고 전쟁터를 끌어들이고 있어. 지금도 전쟁의 비유는 흔하게 쓰이는 편이지. 예를 들어, 선거가 시작되면 꼭 '선거전'이라고 하고, 어느 한쪽의 실수로 인해 별로 힘 안 들이고 선거에 이기면 '무혈입성'이라고 해. 전쟁에서는 한쪽이 이기면 한쪽은 지게 되지. 한쪽이 50.1%를 얻고 다른 한쪽이 49.9%를 얻더라도, 한쪽만이 살아남게 돼. 이미 전쟁을 염두에 두고 비유를 한다는 것은 그런 비정한 판을 머릿속에 그리고 있는 셈이란 말이야.

듣는 대로 들린다

그러니까 박지원이 물을 건너면서 전쟁판을 끌어다 쓴 것은 그 물을 건너고 못 건너고에 따라 죽고 사는 게 갈릴 수도 있는 절박함을 나타내기 위해서겠지. 박지원은 여기에서 한 발 더 나아가 물소리를 귀신들이 소란을 피우는 소리로 묘사하기도 했어. 마치 물에 잠긴 땅귀신과 물귀신이 앞을 다투어 나와서는 사람들을 혼란스럽게 한다는 거지. 게다가 물속의 용과 이무기가 뛰쳐나와 서로 겨루는 듯하다고도 했고 말이야. 어찌 보면 인간이 상상할 수 있는 가장 시끄럽고, 가장 무서운 소리들을 총동원했다고 할 만하지.

그렇다면 물소리가 이렇게 들리는 까닭은 무엇일까?

어떤 사람은 말한다.

"이곳은 옛날에 전쟁터여서 물이 이렇게 우는 거지."

그러나 그 때문이 아니다. 물소리란 듣기에 달려 있다. 내가 사는 산골 집 문 앞에는 큰 계곡이 있다. 해마다 여름철에 소나기가 한 번 지나고 나면 계곡물이 갑자기 불어나서 늘 수레 소리, 말발굽 소리, 대포 소리, 북소리를 내서 귀에 병이 날 지경이었다.

언젠가 나는 문 닫고 누워서 그 소리들이 어떤 소리 같은지 견주어 들어보았다. 깊은 소나무 숲 속 퉁소 소리, 이는 우아함으로 들었기 때문이다. 산이 찢어지고 절벽이 무너지는 소리, 이는 분노로 들었기 때문이다. 개구리 떼가 다투어 우는 소리, 이는 교만함으로 들었기 때문이다. 만 개의 축(筑, 거문고와 비슷한 악기 이름)이 맞부딪쳐 내는 소리, 이는 성냄으로 들었기 때문이다. 벼락에 천둥소리, 이는 두려움으로 들었기 때문이다. 찻물이 끓는 소리, 이는 감흥으로 들었기 때문이다. 거문고의 조화로운 소리, 이는 슬픔으로 들었기 때문이다. 문풍지가 바람에 떠는 소리, 이는 의심으로 들었기 때문이다. 어느 것이나 올바른 제 소리를 찾지 못한 것은 미리 속으로 단정 지어 귀에서 그렇게 듣기 때문이다.(「산장잡기」〈일야구도하기〉)

자, 이제 박지원이 그 소리의 비밀을 풀어놓고 있어. 어떤 사람은 물소리가 전쟁터의 요란한 소리같이 들리는 이유가 그곳이 전쟁터였기 때문이라고 하는구나. 하긴, 전쟁터였다면 사람들이 수없이 죽어 나갔을 것이고, 죽은 사람들이 귀신이 되어 그 근처를 떠돈다면 옛날의 그 전쟁터 소리가 날 법도 하지. 그러나 그렇게 말하는 사람과 박지원의 가장 큰 차이는, 사람이 느끼는 소리를 100% 객관적인 소리로 볼 것인가 어느 정도 주관적인 측면이 있다고 볼 것인가 하는 점이야. 만약 전적으로 객관적인 소리로 본다면, 들리는 소리는 모두 다 존재해야만 해. 환청 같은 것은 아예 있을 수도 없고 말이

물소리가_이렇게_들리는_까닭은#체험_추천#잘못하면_죽을_수도_있음

지. 그렇지만, 똑같은 사람에게도 어떤 때는 예민해져서 신경 쓰이는 소리가 또 어떤 때는 아무렇지 않게 지나기도 하지.

박지원의 호가 '연암'인 것은 너도 알지? 연암은 박지원이 머물렀던 황해도 마을 이름이야. 어려운 일을 피해 숨어 들어갈 정도라면 꽤나 깊은 산골이었을 거야. 그런 만큼 계곡도 깊었을 텐데, 계곡물은 비가 오면 금세 불어났다가 또 비가 그치면 금세 줄어들어 버리지. 그 변화에 따라 물소리 또한 달라질 텐데, 문제는 사람의 마음가짐에 따라 제각기 달리 들린다는 거지. 똑같은 물소리인데 맑게 가라앉은 마음으로 들으면 근사한 통소 소리 같고, 분노하는 마음으로 들으면 산이 무너져 내리는 소리 같다는 거지. 박지원이 앞서 물을 건너면서 전쟁터처럼 느꼈다고 했으니, 그 또한 마음이 불안했다는 것을 알 수 있겠구나.

물소리로 도를 깨치다

그런데, 사람들이 물소리에 그렇게 민감한 것에는 또 다른 이유가 있어. 물을 건넌 때가 바로 밤이기 때문이지.

물을 건널 때 사람들이 다들 고개를 들어 하늘을 보기에 그들이 머리를 들어 하늘에 기도를 드리는가 싶었다. 그러나 나중에 안 일이지만, 물을 건너는 사람들이 물이 빠르게 소용돌이치는 것을 보게 되면 마치 자신이 물을 거슬러 오르는 듯, 강물을 따라 흘러 내려가는 듯해서 빙글빙글 어지럼증이 일어나 물속으로 뒹굴어 떨어질 것 같기 때문이었다.(「산장잡기」 〈일야구도하기〉)

놀이공원에 가서 높은 데에서 움직이는 놀이 기구를 탈 때를 생각해 보렴. 아래를 보면 머리털이 곤두설 만큼 무서운 까닭에 다들 머리를 들어 하늘을 보거나 눈을 감아 버리잖아. 그러나 놀이 기구는 안전하게 몸을 묶어 두는 장치나 있지, 배 안에서 어지러움을 느끼다가 다리라도 풀리는 날에는 물에 빠지기 십상일 거야. 그래서 모두들 아래쪽의 무서운 물을 보지 않으려 머리를 들고 있는 폼이 마치 하늘에 기도라도 드리는 것처럼 보였다고 해.

그런데 똑같은 물도 낮에 건너면 상황이 아주 달라져. 낮에는 보이는 게 많아서 일단 눈으로 겁을 먹게 되겠지. 그러니까 귀로는 신경이 덜 쓰여서 소리의 무서움은 훨씬 덜해지는 거지.

　　모두들 말하는 소리를 들어 보니, "요동 땅은 넓고 평평해서 물소리가 요란하지 않다."고들 한다. 그러나 이는 물이 어떤 것인지 몰라서 하는 말이다. 요동 땅 강물이 물소리를 안 내는 게 아니라 밤에 건너지 않아서 그럴 뿐이다. 낮에는 눈으로 물을 볼 수 있기 때문에 눈이 위험한 쪽으로만 쏠려서 무섭게 되고, 그저 눈에 보이는 것을 걱정하기에도 급급한데 어떻게 귀의 소리가 들릴 것인가. 오늘 나는 밤중에 물을 건너는 까닭에 눈으로 위험을 볼 수 없었다. 그래서 그 위험이 오직 귀로만 쏠려서 부들부들 떨며 그 걱정을 이겨 내지 못했다.(「산장잡기」〈일야구도하기〉)

물길이 좁은 데다 물밑이 복잡하면 물소리가 심하게 나게 마련이야. 이순신 장군이 왜선을 물리쳤던 울돌목 같은 데가 대표적인 곳이지. 사람들은 요동의 넓은 벌판을 가로지르는 물은 워낙 넓고 평평한 곳을 지나는 까닭에 소리가 잠잠할 거라고 생각했어. 실제로는 물소리가 조용해서가 아니라 물을 건너는 때가 대체로 낮이었기 때문이야. 그도 그럴 것이 지금처럼 커다란 철선도 아니고, 작은 목선을 타고 밤에 물을 건너는 것은 너무도 위험한 일이었어. 조선의 사신 일행도 중국 황제의 명령이 아니라면 그렇게 목숨을 걸면서까지 강을 건너지는 않았겠지. 더더욱 밤에 강을 건너는 일은 극히 이례적이야.

그런데 그 위험한 일을 하면서 박지원은 깨달음을 얻어. 어느 한쪽에 잡혀 있게 되면 나른 한쪽이 세내로 작동하지 않아 정상적으로 판단할 수 없다는 사실을 안 거지.

> 나는 오늘 비로소 도(道)를 깨쳤다. 마음을 가라앉히고 깊이 생각하는 사람은 귀와 눈에 얽매이지 않지만, 귀와 눈을 믿는 사람은 보고 듣는 것이 밝아져 도리어 그것이 병통이 된다.(「산장잡기」〈일야구도하기〉)

이 한 문장이 바로 박지원이 터득한 도야. 우리는 눈이 좋고 귀가 밝으면 대단히 좋은 것으로 여겨. '총명(聰明)'이라는 말을 생각해 봐. '총'은 귀가 밝다는 뜻이고, '명'은 눈이 밝다는 뜻이야. 그 둘이 밝은 사람을 총명하다고 칭찬하잖아. 밝은 귀와 밝은 눈이 있어야 세상을 제대로 판단할 수 있으니까. 그러나 눈과 귀라는 게 어떤 때는 있지도 않은 헛것에 잡히게 하는 빌미가 되기도 해.

겁주는 것에 겁먹지 않다

깨침을 얻기 위해 사람들이 눈을 지그시 감고 깊은 생각에 잠기는 것을 '명상(冥想)'이라고 하지. 명상을 할 때는 눈이나 귀 같은 감각 기관에 의지하지 않고 마음속 깊은 곳에서 생겨나는 무언가를 볼 수 있어야 해. 박지원은 바로 그런 상태에서라야 도를 제대로 깨칠 수 있다고 보았어. 과연 박지원은 어떻게 그런 상태에 이를 수 있었을까?

> 오늘 내 마부가 말에게 발을 밟혀 뒷수레에 실리게 되었다. 어쩔 수 없이 내가 직접 말고삐를 늦추어 물에 들어갔다. 무릎을 구부려 안장 위에 발을 모으고 앉았으나 자칫하여 떨어지면 강바닥이었다. 그래서 물로 땅을 삼고, 물로 옷을 삼으며, 물로 몸을 삼고, 물로 마음을 삼으며, 내심 한번 떨어지면 그만이라 마음먹었더니 드디어 귀에 물소리가 사라져서 아홉 번이나 물을 건너도 안석과 돗자리에 앉고 누워 기거하듯 편안했다.(「산장잡기」〈일야구도하기〉)

어떻게 보면 너무 간단한 원리야. 무엇엔가 자꾸 신경이 쓰이기 시작하면 옴짝달싹 못하는 지경에 빠지기 쉬워. 눈이면 눈, 귀면 귀,

입이면 입, 손이면 손, 발이면 발이 다 그런 것이 될 수 있지. 또 시간이면 시간, 돈이면 돈, 심지어는 장래 희망 같은 것들조차도 우리를 옭아매는 것들일 수 있어. 그럴 때 겁먹지 말고 마음을 편안히 가진 채 외부의 것들에 흔들리지 않는다면 그것들은 언제 그랬냐는 듯이 사그라진다는 거야. 그러나 말이 쉽지, 실제로는 매우 어려운 일이란다. 흔히 '도가 텄다'라고 하는 사람들이나 가능한 세계일 수도 있어. 다만 우리들은 그렇게 되지는 못하더라도 비슷하게나마 되려고 노력할 뿐이지.

자, 이제 박지원이 어떤 결론을 이끌어 내는지 볼까?

소리와 빛깔은 마음 바깥에 있는 것이다. 마음 바깥의 것은 눈과 귀에 늘 매여 있어서 사람들이 보고 듣는 데 있어서 올바름을 잃게 한다. 더구나 사람이 살아가는 데 있어 그 험하고 위태롭기가 물에서보다 더 심할 테니 보고 듣는 것이 항시 병이 될 것이다. 내가 사는 산골로 돌아가게 되면 문 앞 계곡물 소리를 들어보아 맞는지 시험해 보련다. 또, 이를 가지고 처세에 능하여 제 총명함을 믿는 자들을 경계하려 한다.(『산장잡기』 〈일야구도하기〉)

소리와 빛깔은 귀와 눈으로 감지하는 것인데 모두 내 바깥에 있는 것들이야. 귀와 눈을 닫으면 실제로는 있는지 없는지도 모르는

물은 다만 높은 데서
낮은 데로 흐를 뿐인데
겁먹고 있는 나는 왜 그럴까.

좌아아아아_

것들인데, 그것들에 심하게 빠져 있다 보면 정작 자기 자신의 삶을 그르치게 된다는 말이지. 세상에는 그런 헛된 것에 빠져 사는 사람들이 많으니 조심하라는 충고이기도 하고. 이처럼 자기 바깥에 있는 것, 곧 '외물(外物)'과, 자기 안에 있는 마음, 곧 '내심(內心)'은 고전에서 흔히 비교 대상이 되곤 한단다.

마침 이와 관련된 재미난 이야기가 『장자』에 있으니 살펴보자꾸나. 실제로 박지원이 정말 열심히 읽은 책이 『장자』이기도 하고. 어쩌면 박지원의 〈일야구도하기〉 또한 그 책의 정신을 살려 새롭게 써낸 것일지도 모르겠구나.

『장자』에 보면 공자의 제자 안연이 노련한 뱃사공에게 노를 잘 젓는 법을 물었어. 그러자 뱃사공은, 수영을 잘하는 사람은 쉽게 배우고, 잠수를 잘하는 사람은 배를 본 일이 없더라도 곧 저을 수 있다고 대답했어. 안연은 그 이치가 궁금해서 스승인 공자에게 왜 그런가 물었지. 공자의 대답은 간단했어. 수영을 잘하면 물이 겁나지 않으니까 물을 의식하지 않고 편안하게 노를 저을 수 있는 것이라 했지. 잠수까지 잘한다면 두말할 나위가 없겠고 말이야. 값싼 물건을 걸고 활쏘기 시합을 할 때는 잘 맞히다가도 귀한 물건을 걸고 하면 잘 안 되는 것도 그런 이치라고 했고.

이렇게 보면, 배를 잘 모는 법을 배우겠다면서 곧장 노 젓는 방법을 배우러 덤벼드는 사람은 하수야. 노를 쥐고 아무리 연습을 많이 해도 막상 배를 몰려고 하면 두렵기 때문이지. 그러니까 수영이라도 미리 배워 두고 시작하겠다면 중수이고, 아예 잠수를 배우는 사람은 상수인 거야.

덧붙여서, 박지원은 맨 마지막에 처세에 능하다는 사람에 대해 경계하고 있지. 세상의 변화에 따라 요령껏 잘 대처한다고 자부하는 사람들을 경계하는 거지. 그런 사람들이야말로 사실은 외물에 자신을 맞춰 나갈 뿐이어서 중심을 잃기 쉬워. 왼쪽에서 오는 파도를 용케 피한 경험이 오른쪽에서 오는 파도에는 도리어 어긋난 대응을 하게 하듯이 허망한 경우가 많거든.

이제 잘 알겠지, 현기야? 배 위에 올라 무서움을 잊으려면 눈과 귀에 매이지 않아야 된단다. 만약 현기가 정말 하고 싶은 일이 있는데 누군가가 그 일은 위험하다며 못하게 막아선다면 현기는 이렇게 대답하렴. "걱정해 주시는 마음은 고맙습니다만, 저는 겁주는 것에 겁먹지 않는답니다." 또, 현기가 어려운 사정에 처해서 편법을 쓰지 않고 정면으로 돌파해 나가려는데 누군가가 쉽게 빠져나가는 요령을 일러 주려 한다면, 이렇게 말해 주렴. "그것 참 좋은 방법이군요. 그러나 제 마음이 이렇게 하라고 시킵니다."

그래, 다음에 현기를 만나거든 이렇게 물어야겠다.

"네가 하고 싶은 일은 무엇이며, 그것을 잘하기 위해 어떤 것을 익히고 있니?"

눈으로 보는 것
귀로 듣는 것
이 모두에 현혹되지 말자!

그래도 밤에 강을 건너는 짓은 비추

보이는 대로 보는지, 보는 대로 보이는지?

〈일야구도하기〉를 보면 물을 건너면서 참 별별 생각을 다하는구나 싶습니다. 물소리를 있는 그대로 듣는 게 아니라 마음에 따라 다르게 듣는다는 거잖아요. 박지원은 그런 문제로 참 많은 고민을 했던 것 같아요. 소리가 아니라 빛깔에 관해서도 마찬가지일 텐데, 이와 관련해서 박지원의 유명한 글이 있습니다.

> 아! 저 까마귀를 보자. 검기로야 사실 그 날개보다 더한 게 없다. 그러나 언뜻 보면 엷은 노란빛이 감돌다가는 다시 보면 또 연한 녹색으로도 보인다. 햇빛이 비치면 자줏빛으로 번뜩거리다가 눈이 지그시 감기면 비취빛으로도 변한다. 그렇다면 '푸른 까마귀'라 해도 좋고 '붉은 까마귀'라고 해도 좋다. 이처럼 사물에는 일정한 빛깔이 없지만 먼저 스스로 눈으로 속단해 버리는 것이다. 또 눈으로 속단하는 거야 그나마 낫지만 보지도 않고는 마음속으로 속단해 버리기도 한다.(『능양시집』의 서문)

이 글의 시작은 '까마귀는 검다'는 통념에 대한 반격입니다. 까마귀는 검다. 그래서 이름도 '까마귀'다, 까맣지 않은 것은 까마귀가 아니다….
그런 식의 생각이 마음을 지배하는 한 진짜 까마귀는 영원히 볼 수 없
을 겁니다. 박지원은 까마귀의 검은빛이야말로 세상의 온갖 빛깔을 다
지닌 것이라고 생각했는데, 그렇게 생각하기까지 숱한 관찰이 필요했던
것입니다. 그 결과 '푸른 까마귀'도 괜찮고 '붉은 까마귀'도 괜찮다고 했
습니다.

우리가 잘 본다고 생각하는 것도 그렇게 이미 누군가가 본 것을 그대
로 따라 생각하는 것일지도 모릅니다. 어느 시인이 '토끼는 깡충깡충'
하는 식으로 교육하는 것을 비판한 일이 있습니다. 토끼는 앞다리가 짧
고 뒷다리가 길어서 산 위로 뛰어오를 때는 그렇게 깡충깡충 뛰는 게
맞지만, 실제 토끼장에서 사육하는 토끼는 평지를 다니는 터라 그러질
못한다는 겁니다. '푸른 까마귀'와 '토끼는 엉금엉금'이 가능한 것은 상
상력의 문제가 아니라는 말이지요.

우리가 제대로 보고 듣는다고 생각하지만 마음가짐에 따라 환청이
들리고 선입견 때문에 고정되게 보는 것이 아닌지 주의해야겠습니다.
시험 삼아 셀카 사진을 한 번 보시지요. 어떻습니까?

장대, 낙타, 코끼리, 마술

신기한 볼거리를 찾아서

현기야, 지금쯤 『열하일기』가 대체 무슨 책인가 하는 의심을 품고 있지는 않니? 분명 여행기라고 들었는데 여행의 기록보다는 박지원의 생각을 더 많이 담고 있는 것 같으니까 말이다. 그런데 어쩌면 『열하일기』처럼 쓰는 것이 진짜 여행기인지도 몰라. 여행이란 본래 그렇게 낯선 곳의 신기한 경험과 자신이 살고 있는 곳의 익숙한 경험이 만나게 되는 거니까.

그래서 잘 쓴 여행기에는 여행지의 경험을 통해 자신의 삶이 더 잘 드러나게 돼. 『열하일기』에는 낯선 사물이나 광경을 보면, 그에 대한 상세한 기록은 기록대로, 또 거기에 덧붙은 박지원의 삶에 대한 생각은 생각대로 가지런히 놓이는 글들이 많아.

산해관 옆에 있는 장대(將臺)에 올라서 쓴 글이 그런 예가 될 거야.

> 만리장성을 보지 않고는 중국의 방대함을 알지 못할 것이요, 산해관을 보지 않고는 중국의 제도를 알지 못할 것이요, 산해관 밖 장대를 보지 않고는 장수의 위엄과 존귀함을 알지 못할 것이다.
>
> 산해관에서 1리도 못 되는 곳 동쪽 편에 네모난 성이 있다. 그

높이는 열 길 남짓, 둘레는 수백 걸음 정도인데 한쪽으로 성가퀴가 일곱 있다. 성가퀴 아래 참호를 마련하여 수십 명을 숨길 만한데, 그런 참호가 모두 스물네 곳이다. 성 아래로도 참호 네 곳을 팠는데 거기에 무기를 보관하며, 그 밑으로 땅굴을 파 만리장성 내부로 통하게 했다.

통역하는 역관들은 한나라 때 쌓은 것이라고 하는데 이는 잘못된 정보다. 이 장대를 '오왕대'라고 부르기도 한다. 명나라 말, 장수인 오삼계가 산해관을 지킬 때, 이 땅굴을 통해 행군하여 장대에 올라가 포를 쏘아 신호를 보내자 산해관 안에 있던 수만의 병사들이 다 함께 고함을 쳐서 그 소리가 천지를 울렸으며, 산해관 밖의 여러 대를 지키던 병사들까지 이에 호응하여, 삽시간에 호령이 천 리나 퍼졌다.

일행 여럿과 함께 성가퀴에 기댄 채 눈을 사방으로 돌려 보았다. 만리장성은 북쪽으로 내뻗고, 넓은 바다는 남쪽으로 넘실대며, 동쪽으로는 큰 들판이 있고, 서쪽으로는 산해관 안을 내려다볼 수 있으니, 두루 둘러보기에 여기만 한 데를 알지 못하겠다. 산해관 안에 수만 채 집들이 늘어선 시가지며 누각과 대들이 마치 손금 보듯 또렷하여 가려진 것이 없고, 바다 위에는 봉우리가 하나 우뚝 섰으니 바로 창려현의 문필봉이다.(「일신수필」 〈장대기〉)

이 글을 보면 장대가 어떤 곳인지, 그곳에서 내려다보이는 광경이 어떠한지 마치 거기 가 있는 것처럼 훤하게 펼쳐져. 글의 시작부터 만리장성, 산해관, 장대의 순서대로 연이어 늘어놓음으로써 장대를 보는 것이 중국의 웅장함을 마무리하는 핵심이라고 하여 독자들의 관심을 끌어 모았어. 그러고는 장대를 서술하는데, 대충 이러저러하다고 쓰질 않고 매우 구체적인 숫자를 제시했지.

'1'리가 채 못 되는, 성가퀴가 '일곱', 높이는 '열' 길 남짓, '수십' 명이 들어갈 수 있게, '스물네' 군데, 참호 '네' 개…. 글을 써 본 사람은 알겠지만, 그렇게 쓰려면 대충 휙 보고 넘겨서는 곤란해. 우리나라에도 도읍이 있던 곳에 가면 성이 남아 있고 그 성에는 예외 없이 성가퀴가 있거든. 성벽 위에 높이가 낮은 담을 쌓아 올려서 적과 싸우기 쉽게 해 놓은 곳 말이야. 어떤 성이든 그 성에 대해 소개할 때는 성을 무엇으로 쌓았고 성의 길이가 얼마며 성가퀴가 몇 개라는 식으로 소개하지. 그렇지만 보통 관광을 하는 일반인들이 성가퀴가 몇 개인지 세어 보고, 길이를 걸음으로 따져 보고, 성 밑에 참호로 판 구덩이 개수를 일일이 세어 보기는 쉽지 않은 일이야. 박지원은 하나하나 소상하게 밝힘으로써 읽는 사람이 가 보지 않았는데도 마치 가 본 것 같은 느낌이 들게 하는구나.

또, 거기에 그치지 않고 슬쩍 오삼계 장군의 이야기를 끼워 두었어. 오삼계는 명나라가 망하고 청나라가 들어설 무렵의 장군이야. 명나라 말 혼란기에 이자성이 농민 반란군을 이끌고 북경을 함락시켜 명나라가 망했거든. 그때 오삼계는 산해관을 지키고 있었는데 그 소식을 듣고 청나라 병사를 끌어들여 이자성 군대를 물리쳤고, 그렇게 해서 중국은 명나라에서 청나라로 바뀌게 된 거야. 이 짧은 글 안에 그런 역사의 중요한 순간을 담아 놓았지. 그러면서도, 곧이어 장대 위에서 본 사방의 풍광이 파노라마 영상처럼 펼쳐져. 이 글의 내용을 생각하며 눈을 감고 있으면 동서남북의 네 면으로, 벌판과 시가지, 바다, 만리장성이 시원스레 눈에 들어오는구나.

천 길 낭떠러지 위에서

그러나, 박지원의 진짜 역량은 그 다음부터야.

한참을 그렇게 보다가 내려오려는데 선뜻 먼저 나서는 사람이 없었다. 벽돌로 된 층계를 까마득히 올라왔다가 내려다보니 사지가 벌벌 떨렸다. 하인들이 부축하려 들었지만 몸 하나 돌릴 틈도 없으니 심한 낭패였다.

내가 서쪽 층계로 내려와 평지에 서서 장대 위에 있는 사람들을 올려다보니 모두들 전전긍긍하여 어쩔 줄 몰랐다. 대체로 올라갈 때는 한 층씩 붙잡고 오르느라 그 위태로움을 모르다가 뒤

올라올 땐 몰랐는데 내려가려니 무섭네.
사람 마음 참 간사해.

돌아 내려올 때에는 아래쪽을 한 번 보는 것만으로 현기증이 생겨나는데, 이러한 탈은 다 눈 때문이다. 벼슬살이 또한 이와 마찬가지다. 위로 올라갈 때는 한 품계, 반 계급이라도 남들에게 뒤질까 봐 남들을 떠밀어 내면서까지 앞을 다투다가 마침내 높은 자리에 올라서면 그제야 두려운 마음이 생긴다. 그때는 외롭고도 위태로워서 앞으로도 한 발짝 나갈 수도 없으며 뒤로도 천 길 낭떠러지라 내려설 엄두도 낼 수 없는 일이다. 아주 오랜 옛날부터 다 그랬다.(「일신수필」〈장대기〉)

여기서부터는 사실상 장대를 본 풍경과는 무관하다시피 해. 장대에 올라간 경험을 삶에 빗대어서 쓰고 있으니까. 고전의 글쓰기 방법 가운데 '우언(寓言)'이라는 게 있어. '우(寓)'라는 글자는 깃든다는 뜻이야. 어떤 내용에 다른 뜻을 깃들어 살게 하는 거지. 어렵다면 『이솝 우화』를 생각해 보면 좋겠어. 이솝 우화에서 욕심 많은 개 이야기가 나온다고 할 때, 결코 개 이야기가 아니잖아. 위의 글도 그래. 장대에 올라갔다 내려온 이야기지만, 정작 하고 싶은 이야기는 그 다음에 있어. 사람들이 한 층 한 층 올라설 때는 정상에 오르고 싶은 욕심 때문에 겁 없이 가게 되지만 어느 순간에 이르면 거기에서 목숨을 잃을까 벌벌 떠는 때가 온다는 거지.

우리는 늘 경쟁을 하며 살지. 점점 경쟁이 치열해진다고들 하지만 예전 세상이라고 크게 덜한 것 같지도 않아. 그래서 박지원은 장대에 올라가는 경험을 쓴다고 하면서 세상살이 이야기를 슬쩍 끼워 넣은 거야. 사람들은 자기 영역을 차지하는 데 관심이 많지. 문제는 자기 영역을 크게 차지하려면 결국 남의 영역을 침범해야만 하고 또 그게 심각한 다툼이 된다는 거지. 그런데 몇 번 다투어서 이기고, 자기 영역이 더 커지게 되면 공연히 우쭐한 마음이 들게 돼. 그렇게 상대를 거꾸러뜨리면서 가장 높은 곳에 올라 가장 넓은 땅을 차지했다고 여기는 그 순간, 사실은 옴짝달싹 못하게 되는 딱한 일이 생기기도 하는 거야.

이런 경험은 어쩌면 외국에 나가지 않아도 충분히 할 만한 거야. 아니, 박지원은 실제로 중국에 가기 전부터 쭉 그런 생각을 해 왔을 수도 있어. 그때까지 벼슬에 나가지 않고 있었던 것만 보아도 짐작할 수 있는 일이지. 다만 외국에 나가서 장대라는 높은 곳에 올라간 김에 그런 생각을 슬쩍 풀어낸 거지.

말 같기는 한데 발굽이…

그렇다면 좀 더 큰 관심을 끌고 제대로 된 충격을 주자면, 아무래도 외국 여행답게 우리나라에서는 볼 수 없는 것을 들고 나와야겠지. 그중에 대표적인 것이 낙타와 코끼리야. 지금은 동물원에 가면 쉽게 볼 수 있는 것들이고, 책이나 텔레비전에도 자주 등장해서 요즘 아이들에겐 소나 말보다도 익숙할 정도지만 예전에는 그러지 못했어. 외국에나 가야 볼 수 있는 것이고 어렵사리 보더라도 잠깐 스치고 말 뿐이어서 아주 신기한 동물이었지.

그러니 박지원처럼 호기심 많은 사람이라면 그런 걸 직접 보게 되기를 얼마나 기대했겠어. 그런데, 엉뚱하게 바로 코앞에 낙타가 있는데도 그냥 놓치는 일이 일어나고 말았어.

연 이틀 잠을 설치고 보니 날이 샌 뒤에 유달리 피곤했다. 말몰이꾼인 창대에게 말고삐를 쥐도록 내주며 하인 장복과 함께 내 양쪽에서 붙들고 가게 했다. 그렇게 말 위에서 조금 단잠을 자고 났더니 정신이 맑아지고 풍경도 참신해 보였다.

장복이 말했다.

"아까 몽골 사람이 낙타 두 마리를 끌고 지나갔습니다요."

나는 장복을 꾸짖었다.

"아니, 어째서 내게 알리지 않았느냐?"

창대가 말했다.

"그때 나리께서 요란하게 코를 고셔서 아무리 불러도 대답이 없으니 어쩝니까요. 소인들도 처음 보는 것이라 잘은 모르고 아마 낙타가 아닐까 추측해 본 것일 뿐입니다."

내가 물었다.

"어떻게 생겼더냐?"

창대가 대답했다.

"딱히 어떻다고 말로 나타내기 어렵습니다요. 말 같기는 한데 발굽이 두 쪽입니다. 꼬리는 소처럼 생겼지만, 소라고 하자니 머리에 뿔이 없고요. 또 그 얼굴판은 양 같지만 양이라 하자 보면 털이 곱슬곱슬하지도 않습니다요. 게다가 등은 안장을 얹은 듯 봉긋 솟아 있고, 목을 빼 들면 거위 같고 눈을 떠도 감은 것 같았습니다."(「성경잡지」)

「성경잡지」는 압록강을 건너 성경, 곧 심양 지역을 돌며 보고 들은 잡다한 것들을 기록한 글이야. 일반 백성들의 풍속이나 골동품, 절, 산천 등등을 기록했는데, 여기 나오는 낙타도 그중 하나야.

그런데 이 대목을 잘 보렴. 박지원이 하도 졸려서 말 위에서 잠을 자고 일어났더니 이미 낙타 행렬이 지나갔던 거지. 마부인 창대를 다그쳐서 그 모양을 전해 듣긴 했는데, 창대가 묘사한 낙타의 모습은 실제라기보다는 창대의 머릿속에서 만들어진 모습에 가까워. 사람들은 새로운 사물을 소개할 때면 자신이 알고 있는 다른 사물과 비교하여 설명하곤 하잖아. 창대는 마부였으니까 누구보다도 말에 관심이 많았겠지. 하지만 낙타는 그가 아는 말과 가장 흡사한 듯해도 어떤 부분은 확실히 구별되었고, 그렇다고 소 같은가 싶으면 또 아니고, 양과 흡사하기는 한데 또 아니라는 거야.

이렇게 특별한 대상은 제아무리 애를 써도 있는 그대로를 그려 내기 어렵다 보니 창대와 같은 희한한 묘사가 나오게 되는 거지. 하긴 기차가 처음 나왔을 때도 사람들은 철로 만든 말 같다고 해서 '철마'라고 했으니 특별하달 수도 없겠다.

창대가 말한 내용이 꼭 창대가 만들어 낸 거라고 볼 필요도 없어. 이전 기행문들에서도 다들 낙타에 대해 창대처럼 묘사하고 있었거든. 낙타는 우리가 흔히 볼 수 있는 동물이 아니어서 똑 부러지게 설명할 수 없다는 거야. 창대도 낙타 이야기를 어디선가 주위들었을 테니 그런 식으로 말했겠지.

코끼리, 놀랍고도 신기해라!

그렇게 희한하고 신기하게 여기는 동물 가운데 으뜸은 단연 코끼리였어. 낙타는 그나마 크기에서라도 소나 말 등과 비교할 만했지만, 코끼리는 그런 동물과는 상대가 안 되게 엄청나게 크잖아. 게다가 코가 지나치게 길며, 다른 동물에는 없는 기다란 상아가 있으니까 말이야. 박지원은 그 코끼리를 보고 멋진 글을 한 편 남겼는데 그게 바로 〈상기〉야. 제목 그대로 코끼리에 대해 기록한 산문이지.

> 만일 괴이하고 속임수 있고 기이하며 거대한 모습을 보려거든 먼저 북경의 남서쪽 선무문 안에 있는 코끼리 우리에 가 보아야 한다. 내가 북경에서 코끼리 열여섯 마리를 보았는데 모두 쇠사슬로 발을 매어 놓았기 때문에 그 움직이는 모습을 보지 못했었다. 지금 열하의 행궁에서 두 마리를 보니 온몸이 꿈틀거리며 비바람처럼 스쳐갔다.(「산장잡기」〈상기〉)

시작부터 특이해. 코끼리를 좋게 그려 내려는 것인지 나쁘게 그려 내려는 것인지 갸우뚱하게 만들고 있잖아. '괴이하고 속임수 있고'는 부정적인 내용이지만 '기이하고 거대한'은 감탄하는 내용이야. 또 '꿈틀거리며'는 매우 느리다는 말인데 '비바람처럼'은 매우 날쌔다는 말이거든. 낙타를 처음 본 사람이 그랬듯이, 이렇다 싶으면 꼭 이렇지는 않고 또 저렇다 싶은가 하다가도 그도 아닌, 매우 복잡한 상황을 표현해 놓은 것이지. 그런데 박지원은 그런 서두 뒤에 갑자기 또 이런 내용을 쓱 집어넣어.

　내가 언젠가 새벽녘에 동해 바닷가에 갔다가 파도 위에 말처럼 서 있는 것을 무수히 보았다. 모두 커서 집채만 한데 물고기인지 짐승인지 알 수 없었다. 해가 뜨기를 기다렸다가 보려고 했으나 해가 막 바닷물에 솟을 즈음 파도 위에 말처럼 서 있던 것은 이미 바닷속으로 숨어 버렸다. 지금 십 보 밖에서 코끼리를 보니 그 동해의 생각이 들 만했다.

　그 물체의 됨됨이란 이렇다. 소 몸뚱이에 나귀 꼬리, 낙타 무릎에 호랑이 발굽이고, 짧은 털은 회색이다. 어질게 생긴 모양에 슬픈 소리를 내고, 귀는 구름이 드리운 듯하며, 눈은 초승달 같고, 양쪽 어금니는 크기가 두 아름이며, 길이는 한 발 남짓이고, 코는 어금니보다 긴데, 구부렸다 펴는 것이 마치 자벌레 같으며, 둥그렇게 마는 것은 굼벵이 같으며, 끝은 누에 꽁무니 같은데, 물건을 끼는 것이 족집게 같아서 말아서 집어넣는다.

　어떤 사람은 코를 주둥이로 오인하여 따로 코 있는 데를 찾아보기도 한다. 코가 이렇게까지 생겼을 줄 생각지 못하기 때문이다. 혹 코끼리 다리를 다섯이라고도 하는 사람도 있고, 혹 코끼리 눈을 쥐 같다고 하기도 하는데, 이는 대개 코와 어금니 사이에 정신을 빼앗겨서 그런 것이다. 그 온몸에서 가장 작은 것을 집어서 보는 사람에게는 이렇게 턱없이 비교하는 일이 있게 된다. 코끼리 눈은 몹시 가늘어서 간사한 사람이 아부하며 눈부터 먼저 웃는 것 같다. 그러나 그 어진 성품은 눈에 있다.(「산장잡기」〈상기〉)

　앞 단락은 전에 바닷가에서 보았던 괴이한 물체에 관한 것이야. 새벽녘에 무언가 괴상한 게 보이길래 해 뜨고 가 보니 이미 사라졌더라는 거야. 해가 뜨기 전이라 분간하기 어려운 상태에서 파도 같은 것을 잘못 본 경우일 텐데, 지금 현재 눈앞에 있는 코끼리도 어쩌면 그런 것일 수 있다는 뜻이겠지. 해가 뜨고 제대로 보면 별것이 아닐 텐데, 사람들은 무언가에 현혹되어서 자꾸 특별한 것으로 여긴다는 뜻이야.

　그 다음으로 이어지는 단락은 코끼리의 생김새를 묘사한 대목이야. 지금껏 코끼리에 관해 묘사한 것 중 가장 상세한 게 아닐까 싶은데, 그 틀은 대략 한편으로는 무엇 같지만 또 다른 한편으로는 그 무엇과는 전혀 다른 무엇이라는 거야. 전혀 함께 있기 어려운 특성들이 한 몸에 붙은, 요사이 말로 하자면 하이브리드 잡종이라는 말이지. 그런데 세상에서 신성하다고 여기는 것들은 다 그래. 용을 예로

든다면, 다리가 없어서 가장 낮은 땅바닥에 붙어 다니는 뱀의 몸체이지만 가장 높은 하늘을 나는 새의 특성을 함께 가지고 있잖아. 코끼리 또한, 서로 반대되는 특성들을 가지고 있는 데다 특별히 긴 코를 지녀서 사람들이 바로 코에만 온 정신이 팔려서 다른 쪽을 제대로 못 본다고 했어.

　그렇다면 코끼리처럼 복잡한 사물을 보는 요령은 두 가지야. 하나는 서로 다른 특성을 한 몸에 가질 수 있는 걸 인정하고 알아채는 것이며, 또 하나는 일부분에 현혹되어서 그 사물의 실체를 제대로 못 보아서는 안 된다는 거지. 예를 들어, 코끼리의 눈이 몸에 비해 작아서 매우 간사해 보이지만, 한편으로는 그 눈 안에 어진 성품이 다 들어 있다고 한 것은 그 두 요령을 다 터득했기 때문에 가능했을 거야. 눈이 작으면 간사하다는 편견을 갖고 있다면 그렇게 양쪽을 다 보기 어렵고, 코에만 빠져 있으면 다 보고 나서도 눈이 어떠한지 생각도 나지 않을 테니 말이야.

코끼리 한 마리를 보더라도 그렇게 복잡한 법인데, 사람들은 제멋대로 생각하면서 마치 그것이 참모습인 것처럼 여긴다는 게 박지원의 생각이고, 그 다음 글은 그런 내용들을 쭉 늘어놓았지.

그런데 이야기하는 사람은 "뿔이 있는 것에게는 이빨을 주지 않았다."고 하여 세상 만물을 만드는 데 무슨 결함이나 있는 듯이 생각하지만 이는 망령된 것이다. "누가 이빨을 주었는가?"라고 감히 물으면, 사람들은 "하늘이 주었다."고 말할 것이다. 그래서 "장차 무엇 하려 주었는가?"라고 물으면, 사람들은 "하늘이 그것으로 물건을 씹게 하려 했다."고 말할 것이다. 그렇다면 다시 "그것으로 물건을 씹게 한다는 것은 왜인가?"라고 물으면, 사람들은 이렇게 말할 것이다. "이것이 바로 그 이치다. 짐승은 손이 없으므로 꼭 주둥이와 부리를 구부려 땅에 닿아서 음식을 구하는 것이다. 그래서 학의 다리가 이미 높고 보니 목이 길지 않을 수 없다. 그러고도 오히려 혹시라도 땅에 닿지 않을까 염려하여 또 그 부리를 길게 한 것이다. 만약 닭의 다리가 학의 다리를 본받는다면 뜰에서 굶어 죽을 것이다."(「산장잡기」〈상기〉)

이제 사람들과 박지원의 논쟁이 시작되고 있어. 실제로 논쟁을 한 것이 아니라 가상으로 그렇게 묻고 답하는 걸 써 본 거야. '각자무 치(角者無齒)'라는 말이 있는데, 뿔이 있는 것은 이빨이 없다는 뜻이 지. 소나 사슴은 뿔이 있지만 날카로운 이빨은 없지. 반대로 호랑이 나 사자는 날카로운 이빨이 있지만 뿔이 없고. 세상은 그렇게 좋은 것을 한데 몰아주지 않는 공평함을 발휘한다는 것인데, 사람들은 그 런 논리를 내세우며 자신들이 이해할 수 있는 범위 내에서 모든 사 물이나 이치를 꿰어 맞추려고 했던 거야. 그러나 박지원 생각으로는 그렇게 맞추어 낼 수 있는 짐승들이란 기껏해야 소나 말, 닭, 개 같 은 흔한 동물들일 뿐이야.

그러니 그런 동물들에게서 얻은 내용들만 가지고 코끼리 같은 희 한한 동물들을 설명하려 애쓰는 것처럼, 세상의 이치가 이러저러하 다고 판가름하며 우쭐대서는 안 된다는 말이지. 〈장대기〉에서도 그 랬듯이 여기에서도 그 시작은 코끼리라는 동물이었지만, 결국은 어 떻게 생각하고 어떻게 살아가야 하는가 하는 문제를 다루고 있어. 즉, 세상 만물은 생각보다 훨씬 복잡하고 또 늘 변화하여 새롭게 된 다는 것을 알아야 한다고 일러 준 거야.

현기야, 많이 보고 많이 생각하지 않으면, 좁은 범위 내에서 얻어 진 얕은 지식으로 도리어 삶을 좀먹을 수도 있겠지? 그래서 이런 말 도 있단다. 세상에서 제일 위험한 사람은 책을 읽지 않는 사람이 아 니라 한 권만 읽은 사람이라고 말이야. 한 권만 읽은 사람은 그 한 권으로 모든 것을 다 설명하려 들어서 도리어 해를 끼친다는 뜻이지. 책이든 사람이든 어느 한쪽에 쏠려 있으면 제대로 못 보게 되는 일이 많은 법이야.

도로 네 눈을 감아라

그러나 천하의 박지원도 중국에 가서 온갖 새로운 것들에 현혹되지 않을 수 없었어. 그중 최고는 아마도 마술을 본 일일 거야. 중국에는 지금도 '기예(技藝)'라는 이름으로 마술과 곡예 등을 함께하는 구경거리가 많지. 나도 중국에 가서 한 번 본 적이 있는데 정말 돈이 아깝지 않을 만큼 대단한 솜씨였어. 그런데 박지원은 그 화려한 마술을 보면서도 장대나 낙타, 코끼리 등을 볼 때처럼 마술의 세세한 부분과 함께 자기 생각을 잘 정리해 두었어.

마술사가 사람을 시켜서 종이 몇 권을 길게 찢도록 한 후, 물이 담긴 큰 통 속에 집어넣었다. 그러고는 손으로 그 종이를 빨래하듯 휘젓자 물속에서 종이가 풀어져서 마치 흙 속에 물을 넣은 듯했다. 마술사가 사람들을 불러 통 속 종이가 물과 잘 섞여 범벅이 된 꼴을 확인시켜 주었는데 그야말로 엉망진창이었다. 이때 마술사는 손뼉을 치고 한 번 웃고는 두 소매를 걷어 통 속에 있는 종이를 건져 냈다. 그러자 마치 누에고치에서 실을 뽑아내듯 종이가 연신 이어져 나왔다. 마치 처음에 길게 찢을 때의 모양 그대로였고 전혀 이어 붙인 흔적을 찾을 수 없었다. 누가 수백 벌이나 되는 종이 띠를 풀로 붙여 두기라도 했는지 땅에 풀어놓자 이내 바람에 펄럭댔다. 그래서 다시 물통 속을 보니 물은 맑고 깨끗하여 찌꺼기 하나 없이 말끔한 게 새로 길어 놓은 물 같았다.(「환희기」)

'환희(幻戱)'는 현실로 믿기지 않는 환상적인 놀이라는 말이야. 흔히 마술이라고 하는 것을 그렇게 표현했는데, 그러니까 「환희기」는 마술을 보고 쓴 기록이야. 박지원은 모두 스무 개나 되는 마술의 모든 과정을 아주 자세하게 기록해 두었는데, 여기 나오는 마술은 그 가운데 하나야. 누구나 한 번쯤 보았을 법한 마술이지. 찢어서 물에 불린 종이를 주먹에 쥐고 짜낸 다음에 주먹을 펴면서 부채질을 하면 흰 종이가 깃발처럼 날리는 것 같은 그런 마술 말이야. 그러나 어떤 재주를 부린다 해도 물에 불린 종이가 순식간에 마를 수도 없고, 마른다고 한들 그것이 아무 흔적도 없이 길게 붙을 수는 없겠지. 어디에선가 눈속임이 있는데 우리가 그것을 모를 뿐이지.

그래서 박지원은 온갖 마술들에 대해 그렇게 꼼꼼하게 적어 놓은 뒤, 이런 글을 뒤에 덧붙여 두었어.

"우리나라에 서화담(徐花潭) 선생이 계셨는데, 그분께서 길에서 우는 사람을 만나서 왜 우느냐고 물으셨더랍니다. 그랬더니 그 사람이 이렇게 대답했습니다.

'제가 세 살에 눈이 멀어서 이제 사십 년이 지났습니다. 전에는 걸을 때는 발을 눈 삼아 보았고, 물건을 잡을 때는 손을 눈 삼아 보았고, 소리를 들어 누구인지 식별하여 귀를 눈 삼아 보았고, 냄새를 맡아 무슨 물건인지 알아냈으니 코를 눈 삼아 보았습니다.

다른 사람들은 두 눈이 있을 뿐이었지만 저는 손과 발, 코, 귀가 다 눈 아닌 것이 없었습니다. 그것이 어찌 또 손과 발, 귀와 코뿐이겠습니까. 해가 뜨고 지는 것은 낮에 피로한 정도로 파악하여 보았고, 물건의 생김새와 빛깔은 밤에 꿈으로 보았습니다. 그래서 그간 아무 장애도 없었고 의심도 혼란도 없었습니다.

그런데 이제 길을 걸어오던 중 갑자기 두 눈이 밝아지며 눈동자가 저절로 열렸습니다. 그래서 천지가 넓고 크며, 산천이 뒤엉키고, 만물이 눈을 가려서 온갖 의심이 가슴을 막아 버렸습니다. 손과 발, 귀, 코가 감각이 뒤틀리는 바람에 전에 늘 일정하게 인식하던 것을 잃어버리고 말았습니다. 그래, 앞이 까마득하여 집에 가는 길조차 잊어버려 돌아갈 수 없게 되어 우는 겁니다.'

그러자 화담 선생이 말씀하셨습니다.

'네가 그동안 너를 안내해 준 것들에게 물어보면 잘 알 것이

아니냐?'

그가 말했습니다.

'제 눈이 이미 밝아졌는데 그것들에게 물어 무얼 하겠습니까?'

그러자 화담 선생이 이렇게 말했습니다.

'도로 네 눈을 감아라. 그러면 네가 서 있는 곳이 바로 네 집일 것이다.'

이런 이치로 논해 본다면, 눈이란 녀석이 제가 밝은 것을 자랑할 게 못 됩니다. 오늘 마술을 구경하는데도 마술사가 눈속임질을 해서 속는 게 아니라, 사실은 구경하는 사람이 제 스스로를 속이는 것입니다.'(《「환희기」 후지》)

「환희기」를 쓰고 난 뒤에 덧붙여 둔 짤막한 글인데, 마술을 함께 구경했던 중국인에게 박지원이 해 준 말이야. 일단 우리나라에도 화담 서경덕(1489~1546, 조선 중기의 철학자. 화담은 그의 호.) 같은 대단한 철학자가 있었다며 기선을 제압하고 들어가는 솜씨가 멋지지. 더 놀라운 것은 그 안에 담긴 내용이야. '몸이 천 냥이면 눈이 구백 냥'이라는 속담이 있을 정도로 우리 몸에서 눈이 차지하는 비중은 커. 여기서는 어려서 눈이 멀어 시각 기능을 잃어버렸지만, 다른 감각들을 잘 사용해서 아무 문제없이 지냈던 시각 장애인이 등장하고 있어. 그러나 다시 눈이 밝아지자 그는 갈피를 못 잡게 돼. 눈이 거꾸로 감각을 교란시키는 거야. 박지원은 마술이 바로 그런 것이라고 보았어. 눈이 밝은 사람들이 그 눈을 다른 데 쓰느라고 실상을 못 보도록 하는 속임수인 거지. 이렇게 보면 '환희'의 '환(幻)'은 '허깨비, 헛것' 정도의 뜻일 거야. 우리가 마술에 빠진다는 것은 그렇게 헛것에 잡혀서 진짜를 놓친다는 말이고 말이야.

너도 본 적이 있지? 마술사들은 유난히 눈에 띄는 화려한 차림을 하고 나와. 누구도 입지 않는 번쩍이는 재킷을 걸치고, 요란한 레이스가 달린 소매가 있는 셔츠를 입지. 게다가 마술사를 보조하러 나오는 여성은 아주 늘씬한 팔등신 미인으로 노출이 심한 차림을 하

내가 알지 못하는 세계가 있고,
설명할 수 없는 현상이 있다.
내가 알지 못한다고 해서 인정하지 않는
소인배가 되지는 말자.

낙타를 못 봐서 서운한 밤에

고 있고. 그래서 마술사가 등장하는 순간 이미 눈길이 그쪽으로 쏠리게 되고, 사람들은 정작 중요한 내용은 따라가지 못하고 말지. 높은 장대를 올라가는 데만 급급해서 내려올 길을 생각지 못하고, 코끼리의 코에 집중하느라 정작 눈은 보지 못하는 것처럼 어느 한쪽이 막히면 전체를 제대로 파악하기가 어려운 거야.

아, 만약 박지원이 지금 살아 있다면, 무엇을 보고 그런 글을 썼을까? 현대판 장대와 낙타와 코끼리, 마술은 무엇일까? 현기야, 똑똑한 현기야, 생각나거든 내게 일러 주렴.

코끼리가 얼마나 신기하기에?

조선 사람들에게 코끼리는 아주 신기한 동물이어서 중국 기행문에는 유난히도 코끼리가 많이 등장합니다. 그런데 그 신빙성에 있어서 문제가 있습니다. 가령 인평 대군이 쓴 『연도기행』 같은 데에 있는 "귀는 홍어 같고 몸은 회색으로 털이 없다."는 진술은 정확하지만, 어떤 기행문에는 "오래도록 목욕을 시키면 곧 미치게 된다."거나 "별을 보면 상처가 아문다."는 소문까지 옮겨다 놓기도 했습니다. 이런 일이 일어나는 까닭은 실제로 코끼리를 오랫동안 살펴본 게 아니라 거기에서 들은 이야기들을 그냥 옮겼기 때문입니다.

　그러다가 홍대용의 『담헌연기』에 이르게 되면 매우 소상한 코끼리 보고서가 작성됩니다. 여기에는 코끼리의 길이, 회색의 성긴 털, 네모난 몸뚱이, 둥근 발톱, 쇠꼬리에 돼지눈, 유난히 큰 코, 코끝의 손톱 같은 근육, 코끝 근육의 유연함, 암수의 어금니 차이, 코로 먹이 먹는 모양, 민첩한 몸놀림 등이 상세히 서술되어 있습니다. 세부 묘사로 들어가면, 사람들이 코끼리에 오르는 모습이 "쇠줄을 붙들고 절벽을 오르듯 했다."든지, 코끼리 등에 사람이 탄 모양이 "어린 아이가 지붕마루를 타고 앉은 것 같다."거나 십여 명의 건장한 군사들이 소리를 지르며 기를 써도 "코끼리는 코를 내리고 반듯이 서서 태연히 모르는 척 서 있었다."는 식의 구체적이고 생동감 있게 그리고 있습니다.

　그렇게 코끼리에 관한 서술은 소문에 근거해서 가볍게 서술하던 데서 출발하여 구체적인 관찰을 통해 정확한 묘사로까지 나간 것입니다. 박지원은 거기에 덧보태서 철학적인 사유로까지 나아갔습니다. 코끼리가 본래 그렇게 생김새와 행동이 복잡한 동물인 데다가 코끼리를 뜻하는 한자 '象(상)'이 형상이라는 의미까지 갖고 있어서 그걸 토대로 삼라만상을 설명하는 데까지 이른 것입니다. 코끼리의 크기와 이상하게 생긴 코, 상아 등에 잡혀서 그 실체를 제대로 알지도 못했던 데서 출발하여, 객관적인 실체를 파악하기에 이르고, 마침내 그것을 통해 세상의 이치까지 깨쳐 나갔습니다.

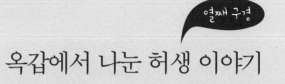

열째 구경

옥갑에서 나눈 허생 이야기

피렴치한 어느 역관

현기야, 어느덧 책의 맨 끝이구나. 이제 마무리하는 의미에서 〈허생전〉 이야기를 할까 해. 박지원은 잘 몰라도 〈허생전〉은 모르는 사람이 없을 만큼 유명한 작품이니까 읽지 않은 사람이더라도 아마 대강의 내용은 알 것 같아. 박지원을 소설가로 기억하는 사람이라면 십중팔구 이 작품 때문일 것 같으니 유명해도 너무 유명한 작품인 셈이지. 그런데 이 작품은 처음부터 〈허생전〉이라는 독립된 소설로 쓰인 게 아니야.

〈허생전〉은 『열하일기』의 「옥갑야화」에 실려 있는 한 대목인데 우리가 편의상 '허생전'이라고 부르는 것뿐이야. 그래서 어떤 사람은 그냥 '허생'이라고 말하기도 하지. 그렇기 때문에 이 작품을 제대로 알려면 먼저 「옥갑야화」부터 살펴봐야겠구나.

'옥갑'은 지명이야. 박지원이 북경에서 조선으로 돌아오는 길에 어느 여관에 묵었는데 그 여관이 옥갑에 있었나 봐. '야화'는 말 그대로 밤에 하는 이야기이지. 유명한 『천일야화』(『아라비안나이트』)를 알지? '1001개의 밤 이야기'라는 뜻이잖아. 지금이야 밤이 되어도 불빛이 훤하고 놀 것이 많아 심심하지 않지만 예전에는 잠이나 잘

뿐이었지. 그런데 잠이 오지 않으면 두런두런 이야기를 나누는 게 예사였어. 특히 여행지에서 낯선 사람들과 함께 묵게 되면 재미있는 이야기가 얼마나 많았겠어.

「옥갑야화」는 옥갑에서 밤에 나눈 이야기들을 모은 건데, 그 첫 번째 이야기는 이렇게 시작해.

예전에는 북경의 풍속이 순박하고 인정이 많아서 역관들이 말하면 만 냥이라도 어렵지 않게 빌려주었다. 그러나 요즘 들어 그들이 모두 속이기 일쑤인데 그 잘못이 우리에게서 비롯되었다.

삼십 년 전, 어떤 역관이 빈털터리로 북경에 갔다가 돌아올 때 단골집 주인을 보고 울었다. 주인은 이상하게 생각해 이유를 물었다. 그가 대답했다.

"압록강을 건너올 때, 남의 은을 몰래 가지고 오다가 그만 발각되었지 뭡니까. 그래서 관가에 제 은까지 몰수당했습니다. 이제 빈손으로 돌아가려니 살 길이 막막하여 이럴 바에야 차라리 돌아가지 않는 게 낫겠습니다."

그는 곧 칼을 뽑아 자살하려 했다. 주인이 놀라 급히 그를 안으며 칼을 빼앗았다.

"몰수당한 은이 얼마나 됩니까?"

"삼천 냥입니다."

주인은 그를 위로했다.

"대장부가 몸 없는 걸 걱정해야지 어찌 은 없는 걸 걱정한단 말입니까. 지금 죽어서 돌아가지 않으면 또 처자식들은 어쩔 거요! 내가 당신께 만 냥을 빌려주겠소. 이걸로 오 년 동안만 불려 나간다면 다시 만 냥을 벌 테니 그걸로 본전이나 갚아 주시오."

역관은 그 만 냥을 얻어서 큰 무역을 하여 돌아왔다. 당시에는 그걸 아는 사람이 없어서 모두들 그 재주를 신통하게 생각했다. 그는 오 년 만에 큰 부자가 되었고, 이내 역관을 그만 두고 다시는 북경으로 들어가지 않았다.

그렇게 한참을 지난 후였다. 그와 친한 사람이 북경에 들어가게 되자 그는 은밀하게 부탁했다.

"북경의 시장에서 아무개 주인을 만나면 반드시 내 안부를 물을 것이네. 그러면 꼭 우리 집안에 전염병이 돌아 모두 죽었다고 전해 주시게."

친한 사람이 너무 황당하여 곤란해하자 역관이 말했다.

"만약 그렇게 하고 돌아오면 자네에게 백 냥을 주겠네."

그가 북경에 가서 여관 주인을 만나자 주인이 역관의 안부를 물었다. 그는 부탁 받은 대로 빠짐없이 대답했다. 주인은 이내 얼굴을 가리며 우는데 눈물이 비오듯 했다.

"하늘이시여, 하늘이시여! 어째서 착한 사람 집에 재앙을 내려 이리도 처참하게 하십니까?"

주인은 곧 백 냥을 그에게 주며 말했다.

"그 사람과 처자식이 다 함께 죽었다니 장례를 주선할 사람도 없겠습니다. 선생께서 돌아가시게 되거든 부디 나를 위해, 오십 냥으로는 장례 용품과 제수를 마련하고 남은 오십 냥으로는 재(齋)를 올려 명복을 빌어 주시오."

그는 뜻밖의 부탁에 깜짝 놀랐지만 이미 거짓말을 한 터라 백 냥을 받아 돌아왔다. 돌아와 보니 그 역관의 가족은 이미 전염병으로 모조리 죽은 뒤였다. 그는 크게 놀랍고 또 두려워서 여관 주인을 위해 백 냥으로 재를 올리고 죽을 때까지 북경으로 가지 않았다.

"내가 무슨 면목으로 그 주인을 다시 보겠는가."(「옥갑야화」)

이 이야기를 이해하려면 역관에 대해 좀 더 알아야 해. 조선 시대 선비들은 필담으로 자기 의사를 어느 정도 표현할 수 있었지만 회화를 잘하지는 못했기 때문에 중국 사람을 만나서 이야기할 때는 통역하는 사람인 '역관'이 필요했어. 사역원(司譯院)이라는 관청이 있어서 외국어를 가르치거나 역관들을 관리했지. 조선 시대의 역관은 중인 신분으로 지위가 낮은 편이었지만 외국에 자주 드나들다 보면 재산을 불릴 기회가 많았어. 지금과는 달리 그때는 국가에서 무역을 통제했는데, 역관들이 외국을 왕래하다 보면 물건을 사고팔 기회가 생기기도 했고, 또 개별적으로 무역을 할 수 있는 약간의 특권이 주어지기도 했으니까.

그런데 외국에 나가다 보면 한 사람의 잘못된 행실이 나라 전체의 이미지에 먹칠하는 일이 생기기도 하잖아. 이 이야기에 나오는 역관은 선한 마음으로 자신을 도와준 중국의 단골을 속여서 제 이익을 취하고 있어. 그러면서 뒤탈을 없애기 위해 거짓으로 자기 가족이 다 죽었다고 전해 달라고 했는데, 결국 그 말대로 되고 말았지. 이런 일들이 자꾸 생기면서 중국 사람들은 조선인을 믿지 못하여 점점 각박해졌다는 거야. 아무리 작은 거래를 하더라도 신의가 중요한 법인데, 박지원은 첫 이야기에서 그 신의가 깨지는 과정을 잘 그려 놓고 있구나.

돈이 중한가, 신의가 중한가?

그런 못된 역관들만 있었냐고? 물론 아니지. 두 번째 이야기를 들어보자.

> 또, 지사 벼슬을 하는 이추의 이야기도 나왔다. 그는 근세에 이름난 역관이었으나 평소에 돈 이야기를 입 밖에 꺼내 본 적이 없었고, 사십여 년 북경을 드나들면서도 손에 은을 쥐어 본 일이 없었다. 그에게는 단아한 군자의 풍모가 있었다.(「옥갑야화」)

짤막한 이야기지만 앞의 파렴치한 역관과는 정반대의 내용이지. 중국에서 우리나라 화폐가 통용되지 않으니까 역관들은 은 같은 것을 가지고 나가서 우리나라에서 구하기 어려운 약재나 책 등을 사와서 팔곤 했어. 물론 온당한 돈벌이 방법은 아니었지만 나라에서 역관의 노고에 대해 충분한 보상을 못해 주는 탓에 이런 방식으로 이익을 챙기는 것을 어느 정도는 묵인하는 형편이었어. 그러니 이추는 제 개인의 이익을 포기함으로써 군자다움을 지킨 사람이야.

더 나아가서 홍순언이라는 유명한 역관 이야기는 참으로 감동적이지. 그가 중국에서 기생집에 갔는데 웬 기생이 하룻밤에 천 냥을 부르는 거야. 사정을 알아보니까 그 여자는 본래 기생이 아니었는데 아버지가 죄를 지어 돈이 필요해 기생이 되었다고 해. 큰돈을 내걸면 당분간이나마 자기 몸을 지킬 수 있을까 싶어 그렇게 했다는 것인데, 홍순언은 그 딱한 사정을 듣고 이천 냥을 선뜻 내주어서 그 여자를 기생집에서 빼 주었어.

그러고는 곧장 조선으로 돌아왔는데, 그 여자는 나중에 명나라의 높은 벼슬아치의 후처가 되었지. 그때 조선에서는 임진왜란이 일어났고, 조선에 구원병을 보낼 것인가를 두고 명나라 조정에서 말들이 많았어. 마침 그 여자의 남편이 맡은 부서가 지금의 국방부에 해당하는 병부였던 데다 아내의 말을 듣고 조선을 의로운 나라라 여겼기 때문에 군대를 보낼 수 있었다는 거야. 개인이 순수한 의도에서 호의를 베풀었는데, 그것이 나라를 구하는 데까지 이르렀다는 이야기지.

이상의 세 이야기는 하나같이 신의와 연결된 내용들이야. 신의를 저버린 사람이 하늘의 재앙을 받고, 또 신분이 높지 않더라도 군자처럼 행동해서 존경을 받기도 하며, 개인적으로 좋은 일을 해서 국가적인 보답을 받기도 했어. 이쯤에서 우리는 이 「옥갑야화」의 실체에 의심이 들게 돼. 여관방에 모여서 이야기를 쭉 늘어놓았다면 이런 이야기 저런 이야기가 흘러나왔을 텐데 어찌 된 것이 다 역관 이야기이고 또 신의와 관련돼. 마치 한 주제를 놓고 세미나라도 하는 것 같잖아.

뒤에 이어지는 부자 변승업 이야기 역시 마찬가지야. 변승업은 〈허생전〉에도 '변부자'로 등장하는 명나라 최고의 부자였지. 그가 사채놀이를 하여 많은 돈을 모았는데 갑자기 중병에 걸리게 된 거야. 그의 아들이 아버지가 빌려 준 돈들을 급하게 거두어들이려 하자 변승업은 그 돈이 집집의 밥줄인 셈인데 어떻게 하루아침에 끊어 버리겠냐며 그러지 못하게 했어. 돈은 개인의 소유지만 그것이 사람들 사이에 돌고 도는 만큼 공익적인 것임을 분명히 한 거지.

도적질은 왜 못합니까?

현기야, 이제 「옥갑야화」의 의도가 뚜렷이 드러나지? 앞에서는 역관들이 무역을 통해 어떻게 돈을 모으고 운용하는가를 보여 주고, 이어서는 통 큰 부자 변승업을 통해 개인의 이익을 넘어선 국가의 경제 문제를 말해 주고 있어. 신의와 관련된 여러 이야기들이 쭉 나열되면서 마지막 허생 이야기로 접어들게 되는 거지.

그런데 박지원은 허생전을 자신이 지어냈다고 하지 않고 윤영이라는 사람에게 들은 이야기를 전해 주는 형식으로 들려주고 있어. 〈호질〉에서도 그랬던 것처럼 말이야.

허생 이야기는 가난한 선비의 딱한 처지를 보여 주는 데서 시작하고 있어. 허생은 공부를 열심히 하려 애쓰지만 생계조차 꾸릴 수 없는 딱한 처지였지. 아내가 삯바느질을 해서 겨우 생계를 꾸려 나갔어. 참다못한 아내는 허생에게 화를 냈지.

하루는 아내가 몹시 배가 고파서 눈물을 흘리며 말했다.

"당신은 평생 과거 시험 한 번 안 보면서 책은 읽어 무얼 하십니까?"

허생이 웃으며 말했다.

"내 독서가 아직 무르익지 않았소."

"그렇다면 물건을 만드는 장인 일은 어떻습니까?"

"장인 일은 아직 배우지 못했으니 어쩌겠소?"

"그렇다면 장사가 있지 않습니까?"

"장사는 밑천이 없으니 어쩌겠소?"

아내가 화를 내며 욕을 했다.

"밤낮 책을 읽더니 겨우 배웠다는 게 '어쩌겠소?' 뿐이요? 장인 일도 못하고 장사 일도 못한다면 도적질은 왜 못합니까?"

허생은 책을 덮고 일어섰다.

"아, 애석하다! 내가 본래 책 읽기 십 년을 작정했었는데, 이제 칠 년이구나."(「옥갑야화」)

이 대목은 참 가슴이 아파. 아내에게서 왜 도적질은 못하느냐는

말까지 듣는다면 어떻겠니? 공부를 한다고 책상에 엎드려 있지만 실제 생활에는 아무 쓸모가 없는 사람이라는 거잖아. 그러나 허생은 포부가 큰 사람이어서 구질구질하게 굴지는 않았어. 곧장 장안 제일의 갑부인 변 부자를 찾아가 돈 만 냥을 빌리는 데 성공하지.

가난한 허생의 모습이 꾀죄죄했을 것은 새삼 말할 필요가 없겠지만 그런 몰골을 한 초면의 허생에게 돈 만 냥을 선뜻 내준 변 부자의 말을 잘 들어 보자. 이 작품의 주제가 무엇인지 짐작할 수 있게 하거든. 누구인지도 모르는 사람에게 그렇게 큰돈을 내줄 수가 있냐며 어이없어 하는 자식에게 변 부자는 이렇게 말해.

"이건 너희들이 알 수 없는 것이다. 대체로 보면 남에게 무언가를 구하는 사람은 반드시 제 뜻을 과장해서 신의를 꾸미는 법이어서다. 그래서 그런 사람들은 낯빛은 부끄럽고 비겁하며, 말은 중언부언하는 게 보통이다. 그런데 이 손님은 옷과 신발이 비록 해졌어도 말이 간결하고 눈빛이 당당하며, 얼굴에는 부끄러운 기색이 없었다. 그러니 저 사람은 재물에 기대지 않고도 스스로 만족할 줄 아는 사람임이 틀림없다. 그가 시험해 보고자 하는 것이 분명히 작지 않을 테니 나도 그를 시험해 보려는 것이다. 또 주지 않는다면 그뿐이지만, 이왕 만 냥을 줄 바에야 이름은 물어 무엇 하겠느냐?"(「옥갑야화」)

여기 나오는 허생의 풍모는 앞에 나왔던 군자풍의 역관을 떠올리게 하지? 역관 하면 누구나 돈을 버는 자리로 생각했으나 그런 일에 매이지 않고 초연했던 이추라는 사람 말이야. 허생 역시 충분한 능력이 있었으나 돈을 버는 일에 뛰어들지 않았을 뿐이지. 그런 허생을 알아본 사람은 변 부자인데, 이 변 부자는 또 변승업과 연결되는 거야. 자신의 능력을 과장하며 떠벌이는 장사치가 아닌, 진짜 선비 허생에게 제 돈을 풀어 줄 줄 아는 통 큰 부자 말이야.

이쯤에서 현기가 웃을지도 모르겠다. 현기 정도의 독서량이라면 〈허생전〉의 뒷이야기는 이미 알고 있을 테니까. 그래, 네가 아는 대로 허생은 그 돈 만 냥으로 큰돈을 벌어서 돌아왔어. 그런데 그 돈벌이 방법이 참 요상해.

허생은 만 냥을 얻어 갖고는 집으로 돌아가지 않고 속으로 헤아렸다. '저 경기도 안성은 경기도와 충청도가 만나는 곳이요, 충청도·경상도·전라도 3남 지방으로 가는 길목이지.' 그러고는 그곳에 자리 잡고 장사를 했다.

허생은 대추·밤·감·배·감자·석류·귤·유자 등등을 제 값의 두 배에 사서 저장했다. 그렇게 과실을 모두 사서 창고에 쟁여 놓자 온 나라에 잔치나 제사에 쓸 과일이 없었다. 얼마 후 허생에게 두 배를 받은 상인들이 열 배로 값을 치르고 되사갔다.

허생은 생각했다.

'아, 겨우 만 냥으로 온 나라의 경제를 기울였으니 이 나라의 밑바닥을 알겠다!'

그는 곧 칼·호미·베·명주·솜 등을 사 가지고 제주도에 들어가서는 말총(말의 갈기나 꼬리 털)을 모두 거두어들였다.

'몇 해만 지나면 온 나라 사람들이 머리를 싸매지 못할 거다.'

과연 얼마 되지 않아 망건 값이 십 배나 뛰어올랐다.(「옥갑야화」)

기가 막힌 장사 솜씨지? 책상에 앉아 공부만 한 사람이 어디서 이런 수완이 났을까 신기하지? 그런데, 허생의 장사는 사실 장사가 아니야. 제대로 된 장사라면 적당한 이윤을 내며 물건을 만든 사람이나 사는 사람 모두에게 이익이 나게 해야 하는데, 영 아니잖아. 이 방법은 요즘 법으로도 금지된 매점매석이라는 거야. 필요 이상의 물건을 많이 사들여서 물건을 귀하게 만든 후 부당하게 높은 가격으로 되파는 못된 수법이니까.

여기에서 허생의 아내가 했던 말을 기억해 보렴. "도적질은 왜 못합니까?"라고 했는데, 실제 이것은 도적질보다 더한 거라 할 수 있어. 그건 바로 과일과 말총이라는 품목이 그 당시 사람들에게 특별했기 때문이지. 예전에는 살아 있는 사람을 봉양하는 것보다 죽은 조상에게 제사를 지내는 데 더 엄격했는데, 과일을 사들인 것은 그런 약점을 이용한 거지. 또, 양반 체면에 맨 상투 차림으로는 바깥출입을 못했으니까 망건과 갓을 만드는 재료인 말총을 독점하여 폭리를 취한 거야.

돈을 다 벌고 난 후

허생이 그렇게 돈을 벌어 원금의 열 배인 십만 냥을 변 부자에게 갚으려 했을 때, 변 부자는 이자만 따져 받겠다고 말했지. 이때 허생이 던진 말은 "그대가 어찌하여 나를 장사치로 대우한단 말인가?"였어. 허생이 장사를 하긴 했지만 정말 돈을 벌자고 한 것이 아니었고 단지 제 뜻을 시험해 보려 했던 것에 불과하다는 거지. 돈을 벌기 전이나 돈을 번 뒤나 허생은 여전히 선비였던 거야.

돈 많이 벌면
그땐 뭐할 건데?

　그러나 세상 사람들의 관심은 허생의 큰 뜻보다는 돈벌이의 방법
에 있었어. 대체 어떻게 그 많은 돈을 벌었느냐고 궁금해했지. 앞서
말했듯 허생이 한 매점매석 방식은 아주 고약한 장사 기술이야. 그
러니 천하의 선비인 허생이 그런 나쁜 방법을 써서 세상을 망치려
했던 게 아니라 조선의 경제 규모가 그토록 작다는 것을 한탄하는
정도로 보면 좋겠어.

　실제로 허생은 "이는 백성을 못살게 하는 방법입니다. 훗날 나라
를 맡은 사람 가운데 내가 쓴 이 방법을 쓰는 자가 있다면 반드시
나라를 병들게 할 겁니다."라는 경고를 잊지 않았지. 이를 통해서 허
생은 상업이 낙후된 조선의 경제를 딱하게 여겼을 뿐만 아니라, 올
바른 상업 윤리가 확립되지 못한 현실이나 신의가 땅에 떨어진 조
선 사회를 비판한 거야.

　이렇게 마음껏 돈을 번 후 허생은 대체 무엇을 했을까? 그는 바다

한가운데 사람이 살 만한 섬을 수소문했어. 그리고 그곳으로 사람들을 데려가려 했지. 그래서 변산반도에 있는 도적 떼들을 구슬려서 섬으로 이주시킨 후 안락한 삶을 꾸려가도록 도와주거든.

허생이 껄껄 웃으며 말했다.

"너희들이 돈이 없어서 도둑질을 한다면 내 너희들을 위해서 돈을 마련해 줄 수 있다. 내일 바닷가에 나가 보면 붉은 깃발이 펄럭이는 게 있을 텐데 그게 다 돈을 실은 배일 것이다. 너희들 마음대로 가져가라."

허생은 도적들에게 그렇게 약속하고 어디론지 가 버렸다. 도적들은 모두 그를 미치광이로 여기며 웃었다. 다음 날, 그들은 혹시나 싶어 바닷가에 가 보았다. 허생은 이미 삼십만 냥을 싣고 거기에서 기다리고 있었다. 모두들 깜짝 놀라 나란히 서서 절을 올렸다.

"그저 장군님 명령대로 따르겠습니다."

허생이 말했다.

"이것을 힘껏 지고 가는 게 어때."

도적들이 앞 다투어 돈 자루를 져 보려 했으나 백 냥을 채우지 못했다. 허생이 말했다.

"너희들 힘이 겨우 백 냥도 못 드는데 도둑질인들 변변히 할 수 있을까. 너희들이 비록 일반 백성이 되고 싶어도 이미 도적 명부에 이름을 올려 갈 곳이 없지 않느냐. 내 이곳에서 너희들이 돌아오길 기다릴 테니 백 냥씩들 가지고 가서 아내 한 사람과 소한 필씩을 데려오도록 해라."(「옥갑야화」)

허생은 그렇게 도둑질로밖에 먹고살 수 없는 사람들을 이끌고 어느 섬으로 들어갔어. 거기에서 농사를 지어 수확을 하고 일본으로 식량을 수출해서 백만 냥을 벌어들였지. 그러고 나서야 허생은 "이 제야 내 조금 시험해 보았구나."라며 탄식해. 허생이 시험해 보고 싶었던 것은 백성들이 살아갈 기반만 마련된다면 도둑이라 하더라도 교화를 시킬 수 있다는 거겠지. 게다가 나라의 규모가 작아서 문제라면 무역을 통해서 타개할 방법이 있다는 것을 보여 주고 싶었을 테고. 허생은 그런 문제에 신경 쓰는 위정자가 없다는 것을 탄식하고 있어.

못다 이룬 허생의 큰 꿈

허생은 섬을 나오게 되는데, 아이를 낳거든 그저 숟가락을 오른손으로 잡게 하고 하루라도 먼저 태어난 사람이 먼저 먹도록 양보하는 법이나 가르치라고 일렀어. 그러고는 글을 아는 사람은 모조리 배에 태워 함께 그곳을 떠나는데, 화근을 없애기 위해서라고 했지. 이는 그 당시의 지식인들이 참된 도리를 깨우치기보다는 제 이익을 찾기 위해 꾀를 내고 부당한 방법으로 제 욕심이나 챙기던 것을 비판한 것으로 보여.

여기에서 그저 순가락 잡는 법과 어른에 대한 예의나 익히게 하라는 대목은 참 여러 가지를 생각하게 하는구나. 내가 아는 어떤 분이 고등학교 교사를 할 때의 경험을 글로 쓴 게 있어. 맨 처음 담임 교사가 되어서는 아주 거창한 급훈을 적어 두었었나 봐. "큰 꿈을 가진 세계인이 되자." 같은 것 말이야. 그렇게 오 년을 지낸 후의 급훈은 "청소를 잘하자"였대. 청소 같은 기본적인 일을 잘하는 사람이 되면 나머지는 알아서 잘하게 될 테고, 그 일조차 못하는 사람이라면 크게 되기도 힘들고 크게 되어도 곤란하다는 거야. 허생은 순가락 쥐는 법이나 어른께 순서를 양보하는 사소한 예절을 중시함으로써 어지러운 세상에 기본조차 안 된 인간들이 많은 현실을 비꼬고 있는 거지.

자, 허생은 이렇게 제 뜻을 펼쳐 보인 후 다시 조선으로 돌아와서 변 부자를 만나게 돼. 변 부자는 이완 대장에게 허생의 경륜을 전해 줄 생각으로 둘이 만나는 자리를 마련했지. 하지만 허사였어.

이공(이완 장군을 가리킴)이 들어왔다. 허생은 앉은 채로 있으면서 일어서지 않았다. 이공이 몸 둘 바를 몰라 불안해하며 나라에서 현명한 인재를 구하는 뜻을 번잡하게 늘어놓았다. 허생은 손을 저었다.

"밤은 짧은데 말은 길어서 듣기에 지루하오. 대체 그대의 벼슬이 무엇이오?"

이공이 대답했다.

"대장입니다."

"그렇다면 나라에서 신뢰하는 신하겠구료. 내가 곧 제갈공명 같은 사람을 추천할 테니 임금께 여쭈어서 삼고초려(三顧草廬)하게 할 수 있겠소?"

그러자 이공은 머리를 숙인 채 한참을 있다 대답했다.

"이건 어렵습니다. 그 다음 것을 듣고 싶습니다."(「옥갑야화」)

지금 이 상황을 잘 보렴. 이완 대장이 분명히 말했지? 지금 나라에서 훌륭한 인재를 구한다고 말이야. 그래서 허생이 제갈공명 같은 훌륭한 인재를 일러 줄 테니 임금이 그가 사는 곳에 세 번 찾아가게 할 수 있냐고 물었어. 유비가 제갈공명을 모시기 위해 그가 사는 초가에 세 번이나 찾아갔던 일이 있잖아. 그 정도의 성의는 보여야 훌륭한 인재를 제 사람으로 만들 수 있다는 거지. 그런데, 이완 장군은 그렇게 할 수 없다고 했어. 임금이 아랫사람을 찾게 할 수는 없다고 판단한 거야. 바로 거기에서 허생은 모든 문제를 알아챘지.

그래서 다시 두 가지를 더 제시해. 그 하나는, 당시에는 명나라가 망한 후 명나라 사람들이 조선에 많이 와 있었는데, 조선에서 명나라의 은혜를 입었다고 늘 말하곤 하니까 그들에게 종실의 딸들을 시집보내고 살림살이를 돌봐 줄 수 있느냐는 거야. 이완은 그도 못하겠다고 했어. 다음으로, 청나라를 이기기 위해서는 청나라를 잘 알아야 하니까, 조선 사람을 변발을 시켜 청나라로 보내 그쪽 사정을 염탐하도록 할 수 있겠느냐고 했지. 이완은 역시 못하겠다고 했어. 늘 대의명분을 내세우는 조선으로서는 모두 받아들이기 곤란했던 거야.

헛된 고집과 선입견에 빠져 있는 이완은 이렇게 허생이 제시하는 현실적인 방안을 모조리 수용할 수 없다고 했어. 박지원은 그를 통해, 당시 나라를 다스리는 사람들이 얼마나 실속이 없는 인물이었는지를 비판하고 있지. 마침내 허생은 격분하고 말았어. 칼을 찾아서 이완을 곧장 찌르려고 했지. 그러자 이완은 깜짝 놀라 달아나고, 그 다음 날 허생은 종적을 감춰 버렸어. 이야기는 그렇게 끝나지.

이제 허생의 울분이 충분히 이해되지 않니? 십 년 정도 틀어박혀서 공부만 하고 싶었으나 그럴 여건이 안 되었고, 세상 사람들이 중요하게 여기는 재물을 모으기는 식은 죽 먹기였지만, 그것은 사악한 방법에 지나지 않았잖아. 게다가 정치를 하는 높은 벼슬아치들의 행태는 아주 썩어 문드러진 것이었어. 그것이 바로 주인공 허생이 공부판과 장사판, 정치판을 두루 기웃대며 얻어 낸 결론이야.

정리하자면, 그런 문제는 상업을 장려하고 무역을 일으키는 정도로 해결될 일이 아닌 것이지. 따라서 〈허생전〉에는 「옥갑야화」의 첫머리를 장식했던 신의의 중요성에서 출발하여, 개인적 이익을 챙기느라 사회적 공익을 저버려서는 안 된다는 메시지, 또 그런 일들이 잘 이루어지도록 정치하는 사람들이 개혁되어야 한다는 요구 등이 요령 있게 작품 전편에 깔려 있다고 하겠어.

현기야, 그렇다면, 〈허생전〉에서는 무슨 문제가 해결되었을까? 우

이번 여행 경험을 바탕으로
내 뜻을 펼칠 수 있는 세상을 만나기를 기대하며…

조선 백수들 힘내자!

리가 아는 고소설은 대개 문제가 해결되는 것으로 끝나고 있으니까. 가령, 〈유충렬전〉 같은 소설에서는 간신의 무리가 패하여 죽임을 당한다거나, 〈흥부전〉 같은 소설에서는 착한 주인공 흥부가 가난과 불행을 딛고 일어서지. 그런데 〈허생전〉은 맨 처음의 그 불행, 그러니까 능력 있는 선비가 생계에 위협을 받는 그 상황이 후반으로 가도 조금도 풀리지 않아. 충분히 돈을 벌었는데도 가정은 윤택해지지 않으며 허생 역시 제 뜻을 펼칠 무대를 찾지 못하는 거야.

이렇게 이룰 수 없는 꿈을 붙잡고 늘어지는 사람을 보면 왠지 슬퍼져. 그 꿈이 끝내 이루어지지 않을 것을 알기 때문이지. 그러나 이룰 수 없는 꿈이라고 쉽사리 포기하는 사람을 만나면 더욱 슬퍼져. 포기하는 그 순간, 걷잡을 수 없는 소용돌이 속으로 떨어질 것을 알기 때문이지. 어쩌면, 되지도 않을 꿈을 붙잡고 고심해야 하고, 또 그러는 가운데 무언가를 얻는 것이 모든 인간의 숙명일지도 모르겠어. 그것이 바로 박지원이 허생을 통해 펼쳐 보이려던 큰 뜻인 것 같기도 하고 말이지.

이제 박지원의 눈으로 본 세상 구경이 끝났구나. 허생의 큰 뜻도 알았으니, 지금부터는 진짜 현기의 세상을 구경하고 만들 차례야. 마음껏 떠나 보렴. 더 크게 펼쳐 보고.

허생은 그 다음에 어떻게 되었냐고?

그야 각자 상상해 보면 될 일이겠지요. 그러나 고맙게도 허생 이야기 뒤에 '후지' 형식으로 덧붙어 있어서 작가의 생각을 엿볼 수 있습니다. 다만 이 대목은 『열하일기』의 본에 따라 조금씩 다릅니다. 책을 옮겨 쓰거나 인쇄하는 과정에서 덜 중요하다 생각해서 넣기도 하고 빼기도 하고 그랬던 모양이지요.

그중 하나는 이상한 승려들에 대한 이야기입니다. 경상도 감사 조계원이 지역을 순회하다가 웬 승려들을 만났습니다. 높은 사람이 지나는데도 그들은 서로 베고 누워서는 꼼짝을 안 했지요. 감사가 누구냐고 물으니까 오히려 호통을 치는 겁니다. 권세에나 빌붙어 사는 속물 취급을 한 거지요. 그러면서 조용히 자기들을 따라오라고 했는데 감사가 숨을 헐떡이자 그래서야 어떻게 청나라에 대한 복수를 하겠느냐며 야단을 쳤습니다. 이 대목은 허생이 이완 대장을 야단치는 내용과 겹칩니다. 능력은 없으면서도 복수심에만 불타 있는 딱한 모습으로 말입니다.

또 하나는 정말 허생의 뒷이야기입니다. 앞서 박지원은 이 작품을 자신이 쓴 게 아니라 윤영이라는 노인에게 들은 이야기라고 했습니다. 그런데 뒷이야기에서는 박지원이 바로 그 윤영 노인을 만나 "윤 노인!" 하고 불렀더니 그 노인이 버럭 화를 냈습니다. "내 성은 '신'이지 '윤'이 아니거든. 자네가 아마 잘못 안 걸세."라고 말입니다. 이것은 작가를 숨기기 위한 전략입니다. 자신이 지어 놓고도 다른 사람이 해 준 이야기라고 해서 공연한 문제에 휘둘리지 않으려는 거지요. 그뿐만이 아닙니다. 그 노인이 했다는 말은 이렇습니다. "허생의 아내, 참 가엾더군요. 그는 끝내 또 굶주릴 거요."

정말이지 근본적인 문제는 전혀 해결되지 못한 겁니다. 위정자들은 정신을 차리지 못하고 있고, 불쌍한 허생의 아내는 또 굶주리지요. 사실 이완 같은 벼슬아치는 어디에나 있겠지만 변 부자 같은 선한 부자는 여간해서는 찾기 어려우니까요.

고전이 어려운 청소년을 위한 나무클래식 시리즈

나무클래식 01 괴물, 인간을 탐구하다
프랑켄슈타인과 철학 좀 하는 괴물
문명식 글 | 원혜진 그림 | 올컬러 | 224쪽 | 값 12,800원

메리 셸리의 『프랑켄슈타인』의 줄거리를 따라가며 괴물과 함께 '나는 누구인가'의 답을 찾아 가는 철학소설이다. 이 책은 마치 작가가 괴물이 된 듯한 심정으로 인생의 본질적인 질문을 붙잡고 씨름하며, 나를 괴물로 만들어 이 세상에 던진 신에게 왜 세상은 이렇게 창조되었는지, 또 나는 왜 이렇게 괴물스러운지 처절하게 묻는다. 그 질문의 답을 찾는 과정에서 자연스럽게 서양철학의 주요개념들을 접하게 된다.

2014년 한국출판문화산업진흥원 우수저작 및 출판지원 당선작
책따세 추천도서 선정
학교도서관저널 올해의 책 선정
2016 꿈꾸는 도서관 청소년 추천도서
씨앤에이 논술 추천도서

나무클래식 02 『자본』을 쓴 경제학자 마르크스 이야기
공부의 신 마르크스, 돈을 연구하다
강신준 글 | 김고은 그림 | 올컬러 | 200쪽 | 값 12,000원

우리나라에 최초로 『자본』을 소개한 마르크스 전문가 강신준 교수가 십대를 위한 마르크스 이야기를 썼다. 마르크스가 경제와 관련된 진리를 찾아 세기의 역작 『자본』을 집대성하기까지의 과정을 중심으로 그의 삶을 입체적으로 다루고 있다. 지난 천 년 동안 인류에게 가장 중요한 영향을 미친 사람, 그가 쓴 원고 가운데 두 개가 세계기록유산에 선정된 사람 마르크스! 그의 삶과 금세기 최고의 저서 『자본』을 한 권으로 읽는다!

나무클래식 03 찰스 다윈에게 직접 듣는 『종의 기원』 특강
따개비 박사 다윈, 은수를 만나다
박성관 글 | 김고은 그림 | 올컬러 | 248쪽 | 값 12,800원

과학 역사상 최고의 고전으로 손꼽히는 『종의 기원』과 최고의 작품을 완성한 찰스 다윈의 면면을 한 권의 책으로 읽는다. 15년 넘게 다윈만 연구해 온 다윈 전문가 박성관이 청소년을 위해 세기의 고전을 완성도 높은 구성으로 설명한다. 맹랑하고 당찬 한국의 여학생 은수와 다윈의 대화로 생명의 기원에서부터 자연선택, 성선택, 인간선택에 이르기까지 진화론의 핵심 내용을 재미있고 알기 쉽게 들려준다.

2016 어린이도서연구회 선정작
2016 책동이 아침독서 추천도서

나무클래식 04 시간 여행 속 과학의 비밀

타임머신과 과학 좀 하는 로봇

이한음 글 | 임익종 그림 | 올컬러 | 224쪽 | 값 12,800원

공상과학소설의 대부인 허버트 조지 웰스의 19세기 문제작 『타임머신』에 담겨진 과학적 질문에 대한 답을 찾아가는 청소년 과학소설이다. 과학전문번역가이자 소설가인 이한음이 원작의 스토리와 문제의식을 그대로 살리면서 '시간여행은 가능한가' '미래 인류와 지구는 어떻게 진화할 것인가'라는 깊이 있는 과학적 주제를 청소년 눈높이에 맞춰 쉽고도 경쾌하게 다루고 있다. 원작에는 없는 인공지능 로봇이 시간 여행자와 동행하며 '할아버지 이론' '평행 우주 이론' 등 웰스가 미처 생각하지 못한 부분까지 끄집어 내어 청소년의 과학적 지식과 상상력을 자극한다.

교보문고와 어린이 전문가들이 선정한 2015년 8월 키워밈 선정도서
2016 책동이 아침독서 추천도서

나무클래식 05 『꿈의 해석』을 쓴 심리학자 프로이트 이야기

프로이트 의자에서 네 꿈을 만나 봐

부희령 글 | 이고은 그림 | 올컬러 | 200쪽 | 값 12,000원

이 책은 청소년을 위한 고전목록에 빠지지 않을 만큼 필독서이지만 너무 어렵게만 느껴져 어른들도 읽을 엄두가 나지 않았던 『꿈의 해석』의 집필과 관련된 프로이트의 주요 생애를 보여 주며 해설하여 정신분석의 핵심내용을 한눈에 파악하게 해 준다.

2016 책동이 아침독서 추천도서
2016 한국출판문화산업진흥원 전자책 제작지원 당선작

나무클래식 06

삼국유사 어디까지 읽어 봤니?

이강엽 글 | 김이랑 그림 | 올컬러 | 224쪽 | 값 13,000원

단군, 선덕 여왕, 문무왕, 노힐부득과 혜통 스님의 공통점은? 제목은 알고 있었지만 이제껏 제대로 접해 보지 못한, 한국인이라면 꼭 읽어야 하는 최고의 고전 문학으로 꼽히는 『삼국유사』의 참맛을 느끼게 해 준다.

2016 4월 한국출판문화산업진흥원 청소년 권장도서
2016 꿈꾸는 도서관 청소년 추천도서

나무클래식 07 성진과 팔선녀 운명을 개척하다

구운몽 9인의 레벨업 프로젝트

이강엽 글 | 나오미랑 그림 | 올컬러 | 216쪽 | 값 13,000원

우리 문학 최고의 영웅 이야기 『구운몽』을 성진과 팔선녀 아홉 명이 함께 성장해 나가는 '9인의 레벨업 프로젝트'로 새롭게 해석한 본격영웅 모험활극! 주어진 운명을 뛰어넘어 진짜 영웅이 되는 이야기가 흥미진진하게 펼쳐진다.

2016 꿈꾸는 도서관 청소년 추천도서

나무클래식 08

열하일기로 떠나는 세상 구경

초판 1쇄 발행 2016년 8월 20일 | 초판 3쇄 발행 2018년 3월 10일

지은이 이강엽 그린이 김윤정
펴낸이 이수미
북디자인 하늘·민
편집 김연희
마케팅 임수진

출력 국제피알 종이 세종페이퍼 인쇄 두성피앤엘 유통 신영북스

펴낸곳 나무를 심는 사람들
출판신고 2013년 1월 7일 제 2013-000004호
주소 서울시 마포구 양화로 156 엘지팰리스 1509호
전화 02-3141-2233 팩스 02-3141-2257
이메일 nasimsabooks@naver.com
블로그 blog.naver.com/nasimsabooks

ⓒ 이강엽, 2016
ISBN 979-11-86361-28-3 44810
       979-11-950305-7-6(세트)

이 도서의 국립중앙도서관 출판시도서목록(CIP)은
서지정보유통지원시스템 홈페이지(http://seoji.nl.go.kr)와
국가자료공동목록시스템(http://www.nl.go.kr/kolisnet)에서 이용하실 수 있습니다.
(CIP제어번호:CIP2016018471)

책값은 뒤표지에 있습니다. 잘못된 책은 바꾸어 드립니다.